Beate-M. Dapper

Luisa

Lebenstörtchen mit Himmelsahne

mit Illustrationen von Carmen Hochmann

Impressum

Bibliografische Information der Deutschen Nationalbibliothek:

Die Deutsche Nationalbibliothek verzeichnet diese Publikation in der Deutschen National-bibliografie; detaillierte bibliografische Daten sind im Internet über http://dnb.dnb.de abrufbar.

© 2016 Beate-M. Dapper, www.luckytext.de

Cover & Illustration: Carmen Hochmann, www.carmen-hochmann.de

Herstellung und Verlag: BoD – Books on Demand, Norderstedt

ISBN: 978-3-7431-0091-6

INHALT

Dein Schicksal — 7

Das Ende wird der Anfang sein — 7
Ein komischer Kauz — 8
Wer bist du — 11
7 Sinne, 1 Hexe und 1 Mini-Supermann — 15
Das gute Gefühl — 22

Ich habe mich lieb — 25
Früher oder später? Jetzt! — 32
Geld und Macht? Ja! — 37
Das Gänseblümchen und die Rose — 39

Der widerliche Nachbar — 42
Luisas Deutschlehrerin — 47
Wie ich dir, so du mir — 50
Hey, du da im Spiegel — 56
Wie der Fuchs neue Freunde gewann — 64

Frau Zöllner hat gelächelt — 67
Berge versetzen? Ja! Aber wie? — 73
Wie Angst in die Welt kam — 82
August Angst — 83

Das Netzwerk der Gefühle — 87
Ein Brief von der Erde — 92

Gefühlsnachrichten — 93
Ein Floh auf der Suche nach Frieden — 99

Wir sind alle eins — 103
Die Sache mit dem freien Willen — 113
Werdet wie die Kinder — 118

Danksagung — 122

Dein Schicksal

Achte auf deine Gedanken, denn sie werden deine Worte.
Achte auf deine Worte, denn sie werden deine Taten.
Achte auf deine Taten, denn sie werden deine Gewohnheiten.
Achte auf deine Gewohnheiten, denn sie werden dein Charakter.
Achte auf deinen Charakter! Er wird zu deinem Schicksal.
(Jüdischer Talmud)

Das Ende wird der Anfang sein

Mit diesem Gedanken betrete ich das Büro eines Buchverlages. Mehr oder weniger entschlossen klopfe ich an die edle Eichentür von Winfried Wagner. Er ist der Verleger. Wahrscheinlich ein knallharter Geschäftsmann mit jeder Menge Dollarzeichen im Kopf – ein bisschen wie Dagobert? Dann fällt mir Luisa ein – und ich lege jedes Vorurteil in eine nicht zu öffnende Schublade meines Gehirns. Herr Wagner begrüßt mich kurz, bietet mir einen Platz an, legt den Stift auf seinen Schreibtisch und signalisiert mir ohne Worte, dass er wenig Zeit hat. Trotzdem lächelt er höflich und sagt: „Was kann ich für Sie tun?" „Mein Buch veröffentlichen", sage ich kurz und halte ihm mein Manuskript hin. „So einfach geht das nicht", protestiert er höflich und hält mir einen Vortrag über Marktbeobachtung, Kalkulationen und den perfekten Verlagsapparat. Ich höre ihm aufmerksam zu, obwohl ich nicht viel davon verstehe. Schließlich fragt er: „Für wen haben Sie Ihr Buch geschrieben?" „Für Sie." „Für mich!?", fragt er überrascht. „Nun ja", ergänze ich, „und für alle anderen Menschen." „Welche Altersgruppe?" „Jede." Herr Wagner tippt nervös mit seinem Stift auf seinem Schreibtisch herum. Schließlich schaut er mich nach einem ungeduldigen Blick auf seine Uhr an und sagt: „Erzählen Sie! Erzählen Sie mir Näheres über sich und Ihr Buch." „Haben Sie Zeit?", frage ich freundlich. Nach einem kurzen Telefonat mit seiner Sekretärin lehnt er sich entspannt in seinem Chefsessel zurück und sagt: „Legen Sie los."

Ein komischer Kauz

„Ich bin wohl das, was man einen komischen Kauz nennt. Vor zehn Jahren bin ich in dieses kleine Holzhaus auf den Berg gezogen, weit weg von allem. Ich hatte es damals nicht gerade leicht. Meine Freundin hatte mich verlassen. Wir wollten eigentlich heiraten. Ich hatte meine Arbeit als Lehrer an einem Gymnasium verloren. Und meine Eltern starben bei einem Autounfall. Ich wollte weg aus der Stadt – weg von den vielen Menschen – weg von all den Problemen.

Ich besitze einen grünen Ohrensessel, dessen Stoff mit vielen kleinen orangefarbenen Blumen bedruckt ist. Ich habe noch zwei andere Sessel, aber diesen mag ich am liebsten. Er steht in meinem kleinen, gemütlichen Wohnzimmer mit vielen Regalen. In den Regalen bewahre ich meine tausendsiebenhundertsechsundachtzig Bücher auf – und jede Woche kommt mindestens eins dazu.

Ich lese viel und gern. So lerne ich etwas über die Welt da draußen und manchmal auch über meine Welt tief in mir drin.

Meine Regale bestehen wie alle anderen Möbel und mein Fußboden aus echtem Holz. Ich mag keinen Kunststoff. Er lebt nicht. In jedem Zimmer liegt ein großer flauschiger Wollteppich. Wenn ich mit nackten Füßen auf ihm gehe, ist es fast so, als ginge ich auf einer Wolke. So stelle ich es mir

zumindest vor. Ich habe sogar einen Kamin, in dem das Holz – wenn es draußen so richtig kalt ist – lustig vor sich hin brutzelt und mir warme Füße verschafft. Das Holz sammle ich regelmäßig in dem Wald, der direkt vor meiner Haustür steht.
Meine Haustür mache ich allerdings nur selten auf. – Nur wenn ich Holz sammle. Oder wenn ich einkaufen gehe: Brot und Butter, Marmelade und Quark, Gemüse und Obst, eben, was ich so zum Essen brauche. Und zum Trinken natürlich – und Bücher – und ab und zu ein paar neue Schuhe – und etwas zum Anziehen – und ein paar andere lebenswichtige Dinge, wie Zahnpasta und Schuhcreme – und neue Staubsaugerbeutel.

Ich habe nicht viele Menschen, mit denen ich sprechen kann. Hier oben in meinem Haus auf dem Berg, ein paar hundert Meter weg vom Dorf, ist es ziemlich einsam.
Ab und zu rede ich mit dem kleinen Eichhörnchen, das seine Wohnung in dem Kirschbaum vor meinem Haus hat. Es hört mir stets aufmerksam zu, und manchmal scheint es mir nickend zuzustimmen.
Die kleine Amsel, die mich jeden Morgen weckt, ist sehr gesprächig. In ihrer Gegenwart komme ich kaum zu Wort.
Manchmal entwickelt sich auch ein schönes Gespräch mit der netten Verkäuferin aus dem Buchladen, Frau Sonnenfeld. Sie hält mich auf dem Laufenden, wenn es neue Bücher gibt und beschreibt mir die Inhalte. Es fällt mir dann leichter, mich für eins zu entscheiden.

Und dann sind da noch meine Schwester Else und Onkel Otto. Else ist vor ein paar Jahren mit ihrem Mann und ihren zwei Kindern nach Amerika gezogen. Onkel Otto ist der Bruder meiner Mutter. Er lebt in Hamburg und ist schon sehr alt. Wir schreiben uns regelmäßig – so ungefähr zwei- bis dreimal im Jahr.
Diese Briefe bringt mir übrigens der Postbote, Herr Liebenau. Er ist sehr nett, und weil sein Weg zu mir etwas länger ist als zu seinen anderen Kunden, bleibt er immer auf eine Tasse Kaffee mit Keksen und ein kleines Schwätzchen. So erfahre ich das ein oder andere über die Menschen unten im Dorf.

Ich habe sogar einen Computer mit Internetanschluss und eine E-mail-Adresse. Aber die brauche ich eigentlich nicht. Else und Onkel Otto haben keinen Computer und sonst kenne ich niemanden näher.
Ich habe von meinen Eltern etwas Geld geerbt. Deshalb muss ich nicht in irgendein Büro gehen, um für meinen kleinen Lebensunterhalt zu sorgen. Viel brauche ich sowieso nicht – keine teuren Anzüge, keinen Friseur und auch keine kostspieligen Rasierwässerchen. Ich habe nämlich einen Bart, und meine Haare schneide ich allein. Und mir fällt beim besten Willen kein Anlass ein, zu dem ich einen Anzug oder ähnlichen Schnickschnack tragen müsste. Ich kann mich in Ruhe meinen Lieblingsbeschäftigungen hingeben: lesen, Musik hören, Gedichte, Lieder und Geschichten schreiben.

Jetzt im Herbst bin ich besonders kreativ. Es wird früh dunkel, draußen ist es kalt und hier drinnen umso gemütlicher. Kurz: Der Herbst und der Winter bieten mir die richtige Atmosphäre zum Schreiben und zum Lesen.

An jenem Abend, der mein Leben so grundlegend ändern sollte, hatte ich nichts Besonderes geplant. Ich wollte mir ein Spiegelei auf geröstetem Brot machen und dann vielleicht noch ein bisschen lesen.
Ach übrigens, bevor ich es vergesse: Ich heiße Fridolin, Fridolin Reinfeld."

Herr Wagner lässt uns einen Kaffee kommen und lehnt sich erneut in seinem Sessel zurück. Ich erzähle nun die Geschichte von Luisa, so als wäre alles gerade passiert.

Wer bist du?

Plötzlich klopft es an meiner Tür. Ich stelle die Pfanne auf die Küchenablage und die Eier daneben. Ein Blick auf die Uhr sagt mir: Es ist halb fünf Uhr nachmittags. Draußen dämmert es schon. Wer kann das sein? Es klopft ein weiteres Mal. Doch bevor ich die Tür erreiche, öffnet sie sich bereits. Ein Mädchen kommt herein.
"Darf ich?" fragt sie.
Aber sie steht ja schon mitten im Wohnzimmer, als ich die Gelegenheit bekomme zu nicken.
„Es ist sehr kalt draußen, obwohl erst Herbst ist", meint sie.
Ich habe keine Ahnung, wer sie ist.
Sie hat rotes Haar, aber nicht eine einzige Sommersprosse in ihrem Gesicht. Ihre Haut erinnert mich an feinstes Porzellan, so zart und glatt. Ihre klaren, blauen Augen blitzen wie kleine Sterne am dunklen Nachthimmel.

„Wer bist du?" frage ich neugierig.
„Ich bin ich."
„Und wer ist ich?"
„Na, eben ich."
„Was heißt denn ICH?"

„Auf jeden Fall nicht nur das, was du siehst."
„Sondern ...?"
„Auch das, was in mir drin ist."
„Aha? Wie soll ich das verstehen?"
„Dass du noch gar nicht wissen kannst, wer ich bin, weil du mich nur von außen siehst."
„Sag mir doch einfach, wer du bist."
„Kann ich nicht."
„Warum?"
„Ich kann dir doch nicht erklären, wer ich bin. Dann würdest du nur mein Bild über mich kennen lernen. Finde doch einfach selbst heraus, wer ich bin."
„Ganz schön frech, die Kleine", denke ich im ersten Moment. Eigentlich will ich herausfinden, wie sie heißt. Aber ich habe mich wohl falsch ausgedrückt. Ich hätte nicht fragen sollen, wer sie ist, sondern, wie sie heißt. Also frage ich – um eine Erfahrung reicher:
„Wie heißt du?"
„Luisa."
Na bitte, es klappt doch. Ich nehme mir vor, meine Fragen eindeutiger zu stellen:
„Woher kommst du?"
„Ganz genau weiß ich das nicht. – Körperlich bin ich natürlich aus einer Eizelle im Körper meiner Mutter entstanden und da so lange gewachsen, bis ich groß genug war, um geboren zu werden."
Ich merke, dass ich wohl schon wieder die Frage nicht ganz richtig gestellt habe. Während ich noch nach einer eindeutigen Formulierung suche, sagt sie:
„Aber so ganz sicher bin ich nicht. Manchmal stelle ich mir vor, ich sei irgendwo aus dem Universum ..., na ja, auf jeden Fall von woanders in die Eizelle gekommen, weil ich sie als Mutter wollte. Und meinen Vater natürlich auch. Aber der hat keine Eizellen."
„Das ist ein interessanter Gedanke, den wir unbedingt weiterdenken sollten. Aber zunächst sag mir doch einfach, wo du jetzt mit deinen Eltern wohnst."

Das ist klar ausgedrückt, und jetzt bekomme ich bestimmt eine passende Antwort. Vielleicht machen sich die Eltern der jungen Lady gerade furchtbare Sorgen!?

„In der Himmelstraße unten im Dorf."

„Weißt du denn auch deine Telefonnummer?"

„Natürlich, ich bin ja kein Baby mehr", antwortet sie und schaut sich erstaunlich genau in meinem Bücherregal um. Ich merke, dass ich schon wieder die falsche Frage gestellt habe und korrigiere:

„Sag mir doch bitte deine Telefonnummer, damit ich deine Eltern über deinen Aufenthaltsort informieren kann. Sie machen sich doch sicher Sorgen?"

„Nein, bestimmt nicht. Sie wissen, dass ich nicht weglaufe, weil ich sie sehr lieb habe. Und sie wissen, das ich gut auf mich aufpasse, weil ich mich auch sehr lieb habe. Und weil der liebe Gott mich auch lieb hat, wissen sie, dass mir gar nichts passieren kann."

Ich hätte nicht gedacht, dass es so schwierig sein würde, eine Telefonnummer herauszubekommen. Aber ich hatte eine zweite Frage gestellt. Und so hat dieses pfiffige Mädchen, das mich langsam zur Verzweiflung bringt, eigentlich ganz richtig geantwortet. Ich versuche es einfach noch einmal:

„Ich habe ein besseres Gefühl, wenn deine Eltern wissen, wo du bist. Sag mir doch bitte deine Telefonnummer."

„5 6 4 2 9 6."

Ich atme tief ein und wieder aus. Währenddessen suche ich mein Telefon. Ich habe es geschafft. Ich habe Luisas Telefonnummer herausbekommen. Damit ich sie nicht vergesse, schreibe ich sie schnell auf ein Stück Papier. Wo ist bloß das Telefon. Ich habe nämlich so eins, das ich von der Wandstation nehmen und mit ihm durch das ganze Haus gehen kann.

Schließlich finde ich es unter einigen Manuskriptseiten auf meinem Schreibtisch. Während ich die Nummer wähle, fällt mir auf, dass Luisa sich einfach ein Buch aus dem Regal genommen hat, in dem sie jetzt liest. Es ist ein Buch, das ich selbst geschrieben habe. Ich habe den Eindruck, sie fühlt sich hier sehr wohl. Sie ist so unbefangen, so natürlich – jung eben. Es klingelt am anderen Ende der Leitung. Jemand hebt ab und sagt:

„Lauster?"

„Herr Lauster?"

„Ja?"

„Mein Name ist Reinfeld, Fridolin Reinfeld. Ich wohne in dem kleinen Holzhäuschen oben auf dem Berg am Wald."

„Es tut mir leid, damit kann ich nichts anfangen. Wir sind gerade hierher gezogen und konnten uns noch nicht mit unseren Nachbarn bekannt machen. Was kann ich für Sie tun?"

„Nun", sage ich sehr freundlich und behutsam. Ich will den armen Mann nicht erschrecken. Er hat sicher Angst um seine Tochter. „Ihre Tochter Luisa ist hier. Sie hat wohl bei ihren Erkundungen im Wald mein Haus gefunden. Wir haben uns ein wenig unterhalten."

Herr Lauster scheint zu lächeln. Zumindest kommt es mir so vor. Ganz ruhig und ebenso freundlich antwortet er: „Es ist sehr nett von Ihnen, uns Bescheid über den Verbleib unserer Tochter zu geben. Sagen Sie ihr einen lieben Gruß von uns, und dass wir uns freuen, wenn sie nachher wieder nach Hause kommt."

Das war's.

7 Sinne, 1 Hexe und 1 Mini-Supermann

Herr Lauster hat aufgelegt. Was ist denn das für ein Vater, der nicht aufspringt und ruft: ‚Wo genau wohnen Sie? Ich komme sofort, um Luisa abzuholen.' Oder: ‚Wie kann sie nur einfach zu einem Fremden gehen, ohne uns vorher zu fragen … '
Bevor ich mich in meinen Gedanken noch weiter entrüsten kann, stellt Luisa fest:
„Ich habe einen tollen Papa."
Vorsichtig – ich will die Kleine ja nicht durcheinander bringen – werfe ich ein:
„Ich finde, er ist ein bisschen sorglos".
„Findest du das falsch?"
„Sagen wir mal so: Wenn ich eine Tochter hätte, würde ich gut auf sie aufpassen."
Luisa hat es sich in meinem Ohrensessel bequem gemacht und lacht.
„Und was denkst DU?"
„Das habe ich doch gerade gesagt."

„Nein, du hast ‚sagen wir mal' gesagt. Wie viele bist du denn?"
Ich ertappe mich dabei, unruhig mit den Fingern zu spielen.
„So formuliert man es eben, wenn man etwas sehr Wichtiges sagen möchte", erkläre ich in einem Ton, der eigentlich keine weitere Diskussion zulässt. – Eigentlich …
„Wer ist denn ‚man'?"
„Na, eben ich nicht allein. Ich habe schon vieles gehört – von anderen – über Dinge, die passieren können."

Luisa ist ganz ruhig. Sie runzelt ihre Stirn. Ich wusste nicht, dass bei einem so jungen Mädchen sogar schon eine kleine Denkfalte entstehen kann.

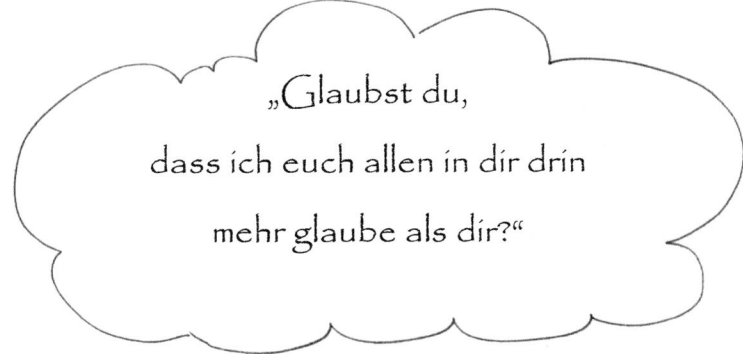

„Glaubst du, dass ich euch allen in dir drin mehr glaube als dir?"

„Wie bitte?
Dieses Kind schafft es doch tatsächlich, mich völlig zu verwirren. Im Moment weiß ich nicht mehr, was ich genau darüber denke. Ich habe Schwierigkeiten, Gehörtes von meinen eigenen Erfahrungen zu trennen. Ich schäme mich das zuzugeben. Und so sage ich – vielleicht auch, um weiteren unangenehmen Fragen zu entgehen:
„Ich werde darüber nachdenken."

„Ich gehe jetzt", verkündet Luisa fröhlich, „morgen früh ist mein erster Schultag in der neuen Schule und da möchte ich ausgeschlafen sein. Meine

fünf plus zwei Sinne sollen nämlich alle gut funktionieren, wenn ich diesen neuen, großen Schritt in meinem Leben mache."
„Fünf – plus – zwei – Sinne?", frage ich erstaunt und betont langsam.
„Ja."
„Ich habe fünf", wende ich ein: „Ich kann hören, sehen, schmecken, riechen und tasten."
„Benutzt du die anderen beiden nicht?", fragt Luisa und sieht mich an, als käme ich von einem anderen Planeten.
„Ich verstehe nicht ganz. Welche meinst du?"
„Der sechste erzählt mir, welcher Weg für mich am besten ist – auch wenn ich etwas anderes darüber denke. Er ist meine innere Stimme."

„Wie spricht denn deine innere Stimme zu dir?", will ich wissen.

„Ich höre hin", sagt Luisa.

„Wenn eine Sache ok ist, gibt sie mir ein gutes Gefühl. Ist irgendetwas nicht gut für mich, sagt sie: ‚STOPP' und lässt es in meinem Bauch unangenehm brummeln. Wenn es etwas ganz Schlimmes ist, setzt mir mein sechster Sinn einfach einen Kloß in den Hals und schreit ‚Lass das besser!'."

„Aha?", wundere ich mich ein bisschen belustigt. Aber sie sagt diese Dinge so selbstverständlich, dass ich neugierig werde:
„Und was ist mit deinem siebten Sinn?"
„Der hat jede Menge Arbeit, die anderen sechs Sinne zu ordnen. Deshalb nenne ich ihn Ordnungssinn."
„Oh ja, natürlich. Wie konnte ich den vergessen", sage ich, nun fest davon

überzeugt, das so nur ein Kind reden kann. Und so erkläre ich in diesem für mich typischen leicht herablassenden Ton:

„Der Ordnungssinn! Mit dem ist das so eine Sache. Meine Mutter ist schier daran verzweifelt, weil ich den nicht hatte. Überall wo ich mich aufhielt, war Unordnung."

Luisa merkt, dass ich sie veräppeln will, und sie weiß, dass ich keine Ahnung von dem habe, was sie da erzählt. Mein Sarkasmus scheint sie gar nicht zu berühren. Im Gegenteil. Sie versucht, mir die Sache zu erklären:

„Ich gebe dir ein Beispiel, das ich erfahren habe, als wir hierher gezogen sind: Ich hörte einen Jungen in meinem Alter zu seinem Freund sagen: ‚Guck mal da! Eine Neue. Die hat ja rote Haare – wie eine Hexe.' Ich sah dem Jungen in die Augen. Mein erster Sinn, das sind die Ohren, sagte: ‚Luisa, wehr dich! Dieses dumme Gerede kannst du nicht auf dir sitzen lassen.'

Mein zweiter Sinn, die Augen, sagte: ‚Luisa, was du da siehst ist ein frecher Kerl, der seinem Freund zeigen will, dass er der Stärkste ist.'

Mein dritter, vierter und fünfter Sinn hatten keine Meinung, weil sie nicht zum Einsatz kamen. Aber mein sechster Sinn gab mir das Gefühl des Mitleids und sagte: ‚Er ist nur unsicher und überdeckt dieses Gefühl mit Frechheit.'

Mein siebter Sinn ordnete die Eindrücke der Sinne Nummer Eins, Zwei und Sechs und sagte: ‚Ja, er redet dumm daher, und er benimmt sich wie ein Mini-Supermann. Aber es stimmt, was Nummer Sechs fühlt: Er ist nur unsicher.' Also ging ich hin und gab ihm mit den Worten ‚Ich heiße Luisa, und wie heißt du' die Hand.

Denn jetzt wusste ich, dass er nur Angst hatte."

„Angst?", frage ich. „Warum sollte dieser Junge Angst vor dir haben?"

„Nein, nicht vor mir, sondern vor sich selbst und vor seinem Freund."

„Warum?"

„Er kann sich nicht die Blöße geben und eine Neue nett finden. Oft denken die Menschen, sie müssten alles Unbekannte erst einmal ablehnen. Und weil jeder denkt, das jeder so denkt, handelt jeder so, wie er es nicht will."

„Moment!"

Ich brauche eine kleine Atempause und wiederhole leise:

„Du meinst, dieser freche Kerl würde dich gar nicht ablehnen, wenn er wüsste, dass sein Freund dich ganz nett findet?"
„Ja."
„Er geht aber davon aus, dass sein Freund dich als die Neue erst mal ablehnt, und deswegen lehnt er dich auch ab?"
Ja."
„Dann lügt er sich aber doch selbst an!"
„Na klar. Er will nicht riskieren, dass sein Freund ihn hänselt. Und weil jedes Ablehnen von irgendetwas Angst bedeutet, überspielt er es mit Frechheit."
„Ganz schön kompliziert."
„Ja, ich verstehe auch nicht, warum nur wenige Menschen klar sagen können, was sie wirklich denken und fühlen."
„Hast du ihm das denn gesagt?", frage ich.
„Natürlich nicht. Ich weiß ja, dass ich nett bin. Und meine roten Haare gefallen mir außerordentlich gut. Das Problem bin nicht ich, sondern er. Und wenn ich ihm seine Angst auf den Kopf zugesagt hätte, hätte ich nur das Gegenteil, nämlich noch mehr Widerstand, erreicht."
„Wie hast du das Problem gelöst?"
„Als ich gespürt habe, dass es Unsicherheit und nicht Boshaftigkeit ist, habe ich ihn freundlich angelächelt und gesagt:
‚Ab nächster Woche gehe ich in die Friedrich-Schiller-Schule. Geht ihr auch auf diese Schule?'
‚Ja.'
‚Ich würde mich freuen, wenn wir uns dort wiedertreffen.'"
Ich bin fassungslos und frage erstaunt:
„Du bist zu so einem Typen nett gewesen? Hat dir das nicht wehgetan? Ich meine, das mit der Hexe?"
„Nein. Wie kann mir etwas wehtun, von dem ich weiß, dass es nicht so ist?"
Kopfschüttelnd will ich wissen:
„Wie ging denn die Begegnung aus?"
„Der Junge war wohl überrascht, dass ich nicht so reagiert habe, wie er es gewohnt war: beleidigt, gekränkt oder genauso frech.
Er sagte zwar noch sehr vorsichtig und mit einem prüfenden Blick auf sei-

nen Freund: ‚Ja, vielleicht sehen wir uns dann nächste Woche.'
Ich spürte, dass er mich nun nicht mehr wirklich ablehnte, nicht bevor er mich kennenlernen würde. Er hatte keine Angst mehr."
„Was wäre denn gewesen, wenn dir deine innere Stimme gesagt hätte: Dieser Junge ist nicht unsicher, sondern böse – richtig böse?"
„Dann wäre es sehr viel schwieriger geworden."
„Warum?"
„Weil Menschen, die sich für böse halten und die es genießen von anderen für böse gehalten zu werden, keinen anderen Weg als Gewalt mehr kennen. Aber eigentlich ist das nur Hilflosigkeit. Meist sind sie selbst sehr verletzt worden. Solche Menschen tun mir aus tiefstem Herzen leid. Sie haben nicht gelernt, andere Wege zu probieren."

Dieses junge Mädchen haut mich um.
Sie erzählt mir in einfachen Worten, worüber sich große Dichter und Denker der Vergangenheit – und auch ich – die Köpfe heiß geredet und geschrieben haben. Nur haben sie es in einer Sprache getan, die viele Menschen nicht verstanden und verstehen, mit Wörtern, die man erst im Lexikon nachschlagen muss, vorausgesetzt, sie wurden nicht völlig neu erfunden.
Doch dieses noch halbe Kind schafft es, diese schwierigen Dinge nicht nur einfach darzustellen, sondern auch zu leben!

Luisa lächelt und streckt mir ihre Hand entgegen. – Das hat schon seit Jahren niemand mehr getan.
Freundlich sagt sie:
„Ich muss jetzt nach Hause gehen – ausschlafen. Ich habe nämlich in der Schule noch viel zu lernen!"
„Was denn?", frage ich neugierig und ein bisschen belustigt über die Art wie sie das sagt – nicht wie ein Mädchen, das am Anfang ihres Lebens steht, sondern eher wie eine Hundertjährige. Außerdem gefällt es mir, mit Luisa zu reden.
„Ich möchte alles darüber wissen, was die Menschen in vielen Jahrhunderten erfahren und erforscht haben: in der Mathematik, in der Geschichte, in

der Physik und in allen anderen Fächern. Wenn ich dann alles weiß, kann ich mich um *meine* Zukunft kümmern."

„Wie meinst du das?"

„Soll ich das Rad etwa noch mal erfinden, nur weil ich nicht wusste, das es das schon gibt?", sagt sie lachend und fügt hinzu: „Also will ich wissen, was es gibt, damit ich mich neuen Aufgaben widmen kann."

Mit diesen Worten geht sie zur Tür und lässt mich einfach so stehen. Sie dreht sich noch einmal um und sagt:

„Hast du etwas dagegen, wenn ich dich wieder besuche?"

„Nein!", erwidere ich – fast ängstlich, sie könnte es nicht tun.

„Dann darf ich bestimmt dein Buch einmal ausleihen?"

„Welches?"

„Das über den Himmel und die Sterne."

„Ja."

„Danke."

Und schon ist sie weg. Sie ist so schnell und unvermittelt gegangen wie sie gekommen ist. Ich habe nicht einmal die Zeit gehabt zu fragen, ob ich sie ein Stück begleiten soll. Es ist immerhin schon dunkel. Ich schaue auf die Uhr. Sieben Uhr abends. Ich fasse es nicht, dass Luisa zweieinhalb Stunden hier war. Es kam mir vor wie zehn Minuten. Gedankenversunken gehe ich in die Küche und mache meine Spiegeleier auf geröstetem Brot.

Gleich am nächsten Tag fasse ich meine Eindrücke dieses ungewöhnlichen Besuchs in einem Gedicht zusammen.

Das gute Gefühl

1. Strophe (Fridolin)
Du bist ein Kind, weißt noch nicht viel
über Dinge wie Mathe und Chemie,
über Menschen von früher und von heut',
über Cäsar, Kant und andere Leut',
über Erfinder und Erfindungen,
über vieler Menschen Meinungen,
über den Frieden und den Krieg,
über Dinge wie Macht und Sieg.

Refrain (Fridolin)
Du bist ein Licht in meinen Gedanken,
eine Tür in einer Welt voller Schranken,
ein Regentropfen auf trocknem Gemüt
die fehlende Note zu meinem Lied.
Mit sanftem, klarem Fingerzeig
forderst du: ‚Sei jetzt bereit –
für den Weg zu einem großen Ziel.'
Du gibst mir ein gutes, ein gutes Gefühl.

2. Strophe (Luisa)
Natur, Philosophie und Zeitgeschehn
du kennst dich aus – vom Geist gesehn.
Du *weißt*, warum der Wind heut weht,
du *weißt*, wie ein großes Haus entsteht.
Doch du kennst nicht das schöne Gefühl,
wenn dir jemand wehtun will:
Und du lächelst ihn an, spürst sein Leid,
und hilfst ihm in seiner schweren Zeit.

Refrain (Luisa)
Ich bin ein Licht in deinen Gedanken,
eine Tür in einer Welt voller Schranken,
ein Regentropfen auf trocknem Gemüt,
die fehlende Note zu deinem Lied!
Mit sanftem, klarem Fingerzeig
ford're ich: ‚Sei jetzt bereit –
für den Weg zu einem großen Ziel.'
Ich habe ein gutes, ein gutes Gefühl.

3. Strophe (Fridolin)
Du siehst ein Blatt, das vom Baume fällt,
ich sehe den Herbst, die Erkältungszeit.
Du siehst in der weißen Wolke eine Fee,
ich richte mich auf Regen und koche Tee.
Du siehst, was um dich rum geschieht,
ich sehe Nachrichten von Gewalt und Krieg.
Du sagst, das Leben ist wunderschön,
ich warne, nein, nein, du wirst schon sehn.

Refrain (Fridolin)
Du bist ein Licht in meinen Gedanken,
eine Tür in einer Welt voller Schranken,
ein Regentropfen auf trocknem Gemüt,
die fehlende Note zu meinem Lied!
Mit sanftem, klarem Fingerzeig
forderst du: ‚Sei jetzt bereit –
für den Weg zu einem großen Ziel.'
Du gibst mir ein gutes, ein gutes Gefühl.

4. Strophe (Luisa)
Öffnest DU mir die Tür zum Wissen der Welt?
Erzählst du mir, was den Menschen quält?
Und warum er als einziges, großes Ziel
stets besser, größer und schöner sein will?

(Fridolin)
Öffnest DU mir die Tür zu des Menschen Seele?
Erzählst du mir etwas über Gefühle?
Und warum nur die Liebe wirklich zählt
in dieser kalten, starren Welt?

Gemeinsamer Refrain
Wir sind das Licht auf einem Weg.
Es ist noch lange nicht zu spät:
Den Regentropfen auf unsrem Gemüt,
die fehlende Note zu unserem Lied
zu finden, mit dem Fingerzeig:
'Sei, dich zu finden, jetzt bereit!'
Wir gehen den Weg zum größten Ziel:
Zu einem guten, einem guten Gefühl.

Ich habe mich lieb!

Drei Tage sind vergangen. Heute ist Mittwoch. Ich habe nichts mehr von Luisa gehört. Am frühen Nachmittag nehme ich meine Einkaufstasche und gehe runter ins Dorf. Ich brauche frisches Brot und ein paar andere Lebensmittel aus dem Supermarkt. Ich ertappe mich dabei, dass ich mich suchend umsehe. Doch ich kann Luisa nirgends entdecken. Sicher hat sie Freunde gefunden, mit denen sie jetzt irgendwo etwas unternimmt. Ich trage die schwere Tasche wieder hinauf auf den Berg zu meinem Haus. – Da sehe ich sie auf der Treppe vor meinem Haus sitzen. Sie winkt mir zu, lacht und ruft: „Hallo!"

Ich winke zurück, aber ich lasse mir nicht anmerken, dass ich sie vermisst habe. So etwas tut man nicht. Ich schließe die Tür auf und sage leise, fast unhörbar:

„Schön, dass du mich besuchst, Luisa."

Sie geht auf das Bücherregal zu und legt das geliehene Buch zurück.

„Ganz nett, dein Buch. Aber hast du schon mal was von dir geschrieben?"

„Von mir? Das Buch ist von mir. Ich habe es geschrieben."

„Ich meine, hast du schon mal was aus dir heraus geschrieben?"

„Aus mir heraus?"

„Ja. Ich habe nirgendwo deine Seele entdeckt. Nur Sachen von und über irgendetwas."

„Ich schreibe Dinge mit sachlichem Hintergrund und echtem Wissen."

Meine Erklärung klingt fast entschuldigend, und ich ärgere mich darüber. Sie wirft sich in den Ohrensessel, als hätte sie nie etwas anderes getan,

lächelt hintergründig und sagt:
„Also Lebenstörtchen *ohne* Himmelsahne."
„Wie bitte?"
„Lebenstörtchen ohne Himmelsahne!"
„Was soll das sein?"
„Jeder Mensch backt sein eigenes Lebenstörtchen und jeder verwendet seine eigenen Zutaten:

> Liebe, Hass, Eifersucht, Macht,
> gewürzt mit einer scharfen Zunge
> oder süßen Worten.

Aber die wenigsten Menschen geben auf ihr Lebenstörtchen den ganz eigenen Schlag Seele. Zumindest zeigen sie ihn nicht. Und das sind dann Lebenstörtchen ohne Himmelsahne."
„Möchtest du einen Tee?", frage ich ablenkend. Ich habe im Moment wirklich keine Lust, mich über meine Seele, was immer das sein mag, auszulassen.
„Hast du Früchtetee?"
„Ja."
„Dann möchte ich einen Tee."

Während ich einen Topf mit Wasser aufsetze, das Teesieb mit der Früchteteemischung fülle und in die Kanne stelle, frage ich scheinbar beiläufig:
„Wie war denn dein erster Schultag und dein zweiter und dritter?"
„Turbulent. Mein siebter Sinn hatte viel Arbeit, um die Eindrücke der sechs

anderen zu ordnen. Ich habe den ganzen ersten Nachmittag damit verbracht."

„Und was ist dabei herausgekommen?"

„Ich ging am Montag, am Dienstag und heute gut gelaunt und voller schöner Gefühle in meine neue Klasse. Und ich ging am Montag, am Dienstag und heute gut gelaunt und voller schöner Gefühle wieder nach Hause."

„Hattest du nicht am ersten Tag ein mulmiges Gefühl und viele Fragen?"

„Welche Fragen?"

„Zum Beispiel: Wie mögen die anderen in der Klasse sein? Sind sie nett oder sind sie unausstehlich? Ob sie mich wohl gern haben? Sind die Lehrer ok? Mögen sie mich? Und so weiter und so weiter."

„Nein."

„Nein!? Das verstehe ich nicht. – Ich habe immer vor Aufregung gezittert, wenn ich etwas Neues in meinem Leben begonnen habe. Damals, als ich mit meinen Eltern nach Hamburg umgezogen bin und in eine neue Schule kam, war ich so aufgeregt und voller Fragen, dass ich die Nacht davor gar nicht schlafen konnte. Auch heute ist das noch so. Wenn ich irgendwelche geschäftliche Kontakte habe, muss ich mich auch noch ganz schwer zusammennehmen, um nicht einen negativen Eindruck durch meine Nervosität zu hinterlassen."

Luisa lacht und fragt erstaunt: „Hast du dich denn gar nicht lieb?"

Nervös, mit zitternden Händen und dem Gefühl, ertappt worden zu sein, schütte ich das heiße Wasser in die Teekanne. Ich kämpfe mit mir, ob ich auf diese Frage antworten soll. Ich spreche nicht gern über mich. Gerade habe ich eine Diskussion über meine Seele abgeblockt und jetzt soll ich darüber nachdenken, ob ich mich lieb habe? Schließlich und wohl überlegt höre ich mich sagen:

„Ich? Mich lieb? Ich habe noch nicht darüber nachgedacht. Man hat sich nicht lieb. Man hat andere lieb, aber doch nicht sich selbst. Ich bin doch kein Narzisst und auch kein Egoist."

„Wer ist denn nun wieder ‚man'?", fragt Luisa.

„Alle, die ich kenne und ich", sage ich – fast ein bisschen trotzig. Ich den-

ke, da muss ich Luisa ein bisschen zurechtrütteln und sie auf gewisse Gesellschaftsregeln aufmerksam machen. Doch Luisa sitzt völlig entspannt in meinem Ohrensessel und lässt sich nicht aus der Ruhe bringen.
„Was ist denn ein Narzisst? Und hast du eine gute Beschreibung für das Wort ‚Egoist'?"

Ich bin ganz in meinem Element als Lehrer, der ich ja wirklich mal war, und freue mich, dem Kind einiges von meinem Wissen nahebringen zu können.
„Ein Narzisst ist jemand, der in sich selbst verliebt ist. – Ein Egoist ist jemand, der sich selbst für vollkommen hält."

„Dann bin ich ein Narzisst und ein Egoist", sagt Luisa entschlossen.

„Beide Wörter haben eine sehr negative, also schlechte Bedeutung", erkläre ich.
„Warum?"
„Das Wort Narzissmus hat ein großer Psychologe namens Sigmund Freud erfunden. In einer alten griechischen Sage gab es mal einen Jungen, der hieß Narziss. Viele Mädchen waren in ihn verliebt, weil er so toll aussah. Aber keine kam an ihn heran. Im Gegenteil: Er fand sich so schön und vollkommen, dass er über die Mädchen, und ganz besonders über eins von ihnen, nur lachte. Schließlich wurde er von der griechischen Rachegöttin Nemesis grausam bestraft. Sie verlangte von ihm, sich in einem Fluss anzusehen. Sie wusste, was dann passierte: Er verliebte sich in sein eigenes

Spiegelbild, das er dort entdeckte, und konnte nichts anderes mehr tun als sich selbst anzusehen und zu bewundern. Er ging keinen Schritt mehr von dem Fluss weg, weder zum Essen noch zum Trinken. Schließlich starb er und steht heute noch dort – verwandelt in eine kleine gelbe Blume, die Narzisse."

„Nein", sagt Luisa langsam, „ein Narzisst bin ich nicht.
Und wie sieht deine Beschreibung von einem Egoisten aus?"
„Egoismus ist auch so etwas wie sich selbst lieben. Allerdings beschreibt dieses Wort noch mehr: Ein Egoist ist jemand, für den es nichts Wichtigeres gibt als sein eigener Vorteil und sein eigenes Interesse, und zwar ohne Rücksicht darauf, wie es anderen Menschen dabei ergeht."

„Nein, dann bin ich auch kein Egoist", sagt Luisa.
„Kannst du beschreiben, was du bist?", frage ich.
„Ja! Ich habe mich lieb – so wie ich bin. Ich habe alle Menschen lieb – so wie sie sind. Ich liebe die Wahrheit. Und ich weiß, wer ich bin. Aber ich bin traurig darüber, dass viele Menschen nicht wissen, wer sie sind und sich auch wenig Mühe geben, es wirklich herauszufinden."
„Moment mal", unterbreche ich sie, „langsam, langsam.
Ich denke, da irrst du dich. Man weiß doch in der Regel ganz genau, wer man ist."
„Man?"
„Grrrr. Na, viele Menschen und ich."
„Wer bist du?" fragt Luisa sehr langsam, leise, aber bestimmt.
Ich erkenne nicht die Bedeutung ihrer Worte und nicht die Bedeutung des Klanges in ihrer Stimme und lege ohne zu überlegen los:
„Ich bin Fridolin Reinfeld, fünfzig Jahre alt, Sohn meiner Mutter Viola und meines Vaters Hans, die leider beide schon gestorben sind. Von Beruf bin ich Schriftsteller, Komponist und Dichter. Früher mal Lehrer. Ich mag am liebsten Tomatensalat und Bratwürstchen mit Fritten. Ich schwimme gern. Ich hasse Gewitter und liebe schönes Wetter: Sonne, 25° Celsius im Schatten. Punkt!"

„Aha", sagt Luisa in einer Art, die mir missfällt. Also frage ich trotzig wie ein Kind:
„Und wer bist du?"

Sie steht ohne ein Wort auf, nimmt meine Hand und führt mich nach draußen. Auf dem letzten Treppenabsatz zu meiner Veranda bleibt sie stehen. Sie sieht mir in die Augen und sagt: „Schau dich mal um."
Ich weiß nicht genau warum, aber ich tue es.
Ich sehe in den Himmel. Er ist hellblau. Kleine, weiße Wölkchen ziehen langsam in Richtung Norden. Für einen Herbsttag sind kleine, weiße Wölkchen ein ungewöhnliches Bild, aber ehrlich gesagt habe ich es noch nie so bewusst gesehen.
Ich sehe mir die Bäume an. Sie haben schon viele Blätter verloren. Die meisten sind gelb, orange und rotbraun. Welch ein Farbenspiel – bei genauerem Hinsehen.
Da ist auch das kleine Eichhörnchen. Es sammelt fleißig Eicheln und Nüsse für den nahenden Winter. Sicher versteckt es die kleinen Schätze an vielen verschiedenen Stellen im Wald. So hat das clevere Tierchen immer noch genug zu essen, wenn ein Räuber eines der Verstecke findet. Das habe ich mal irgendwo gelesen. – Aber ich habe es noch niemals beobachtet. Eigentlich schade, weil ich doch mitten im Wald wohne, und weil das kleine Eichhörnchen ja eigentlich schon mein Freund ist. – Da! Meine gesprächige Amsel ist auch da. Sie sitzt auf einem Ast und sieht mich an. Sie legt sogar den Kopf etwas schief, aber sie sagt nichts. Ungewöhnlich, sehr ungewöhnlich.
Bei genauerem Hinsehen entdecke ich, das sich der Waldboden unter dem Herbstblätterteppich bewegt. Wie viele Tiere mögen dort wohl leben. Wie viele Tiere mögen sich dort gerade auf den Winter vorbereiten?

Ich schließe die Augen und sehe alle Bilder noch mal in mir drin. Es sind schöne Bilder, so wie ich sie vorher noch niemals empfunden habe. Ich lächle und fühle mich wohl. Ich fühle mich so wohl, dass ich die Augen gar nicht mehr öffnen möchte.
Luisa tippt mich an.

Langsam öffne ich die Augen und sehe in ein strahlendes Gesicht. Ein Gesicht, wie es schöner nicht sein kann.

Sie sagt: „DAS bist du –

und noch viel mehr ...

Lebenstörtchen *mit* Himmelsahne!"

Jetzt weiß ich, was sie meint. Ich frage sie nicht mehr, wer sie ist.
Sie ist ein Engel in Menschengestalt.

Früher oder später? Jetzt!

Ohne ein Wort zu sagen, gehen wir ins Haus und widmen uns unserem Tee. Eine ganze Weile ist es still. Ich fühle mich zum ersten Mal nicht gezwungen, irgendetwas zu sagen, um meinen Gast bei Laune zu halten, um ein Gespräch nicht abbrechen zu lassen, um ein guter Gastgeber zu sein. Irgendwann nach der zweiten Tasse Tee bitte ich Luisa:
„Erzähl mir mehr über deine Art zu leben."
„Ich lebe jetzt", erwidert sie prompt.
„Tun wir das nicht alle?"
„Ich habe beobachtet", erklärt Luisa, „dass viele Leute lieber an frühere Zeiten zurückdenken. Sie sagen, dass früher alles viel schöner gewesen sei und sie mit dem Jetzt nicht mehr klarkommen.
Und dann gibt es andere, die dauernd an die Zukunft denken. Sie sagen zu ihren Kindern:
Du musst jetzt lernen, damit du irgendwann mal viel Geld verdienen kannst.
Du musst heute dein Zimmer aufräumen, damit morgen unser Besuch keinen Schlag bekommt.
Du musst zu anderen Menschen nett sein, damit sie dir zum Geburtstag ein

Geschenk machen, dir zu Sankt Martin Süßigkeiten schenken, dir helfen, wenn du einmal in Not bist.
Zu sich selbst sagen sie: Ich muss hart arbeiten, damit es meiner Familie an nichts fehlt.
Ich muss nett zu der Frau meines Chefs sein, damit er mich mag, obwohl ich sie vielleicht unausstehlich finde.
Ich sollte lieber nicht mit dem Obdachlosen da auf der Straße reden. Was sollen denn die Leute denken?"
Wie immer, wenn ich nachdenke, kratze ich mich an meinem Kopf.
„Ich kann im Prinzip nichts Falsches an dem was du da aufgezählt hast entdecken, Luisa. Das hört sich doch alles ganz normal an. Nur wie du das sagst, klingt es, als wärest du nicht damit einverstanden."
„Nein."
„Was hast du denn daran auszusetzen?"
„Sich an schöne Dinge aus der Vergangenheit zu erinnern ist ok, wenn sie mir ein schönes Gefühl geben. Aber:

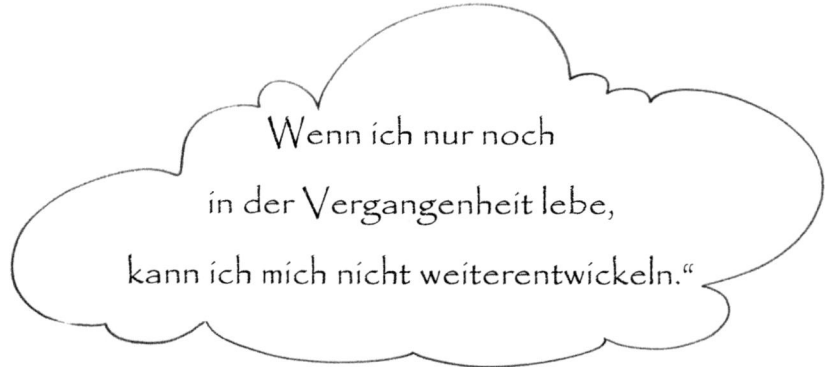

„Klingt logisch", gebe ich zu, „und was ist mit der Zukunft?"
„Ich muss nicht lernen, damit ich irgendwann Geld damit verdienen kann!"
„Doch!", widerspreche ich ihr.
„Nein. Ich *darf* lernen, weil es mir Spaß macht, alles Mögliche zu erfahren.

Und wenn ich mit dem, was ich lerne, mal Geld verdienen kann, ist das toll. Und wenn einer hervorragend Tische und Schränke entwerfen und zusammenbauen kann, dann lernt er eben das und verdient damit mal sein Geld. Auf jeden Fall ist es toll, dass wir hier zur Schule gehen dürfen und dass wir später einen Beruf erlernen dürfen. In vielen Ländern auf dieser Erde dürfen Kinder das nicht. Sie lernen nicht einmal schreiben und lesen, weil sie arbeiten müssen."

„Ach, jetzt verstehe ich. Du störst dich an dem Wörtchen muss?"

„Ja. Ich muss nicht mein Zimmer aufräumen, damit der Besuch keinen Schock bekommt. Ich darf mein Zimmer dann aufräumen, wenn ich mich in der Unordnung nicht mehr wohlfühle. Oder weil ich meine Mutter so lieb habe und weiß, dass sie es mag, wenn mein Zimmer aufgeräumt ist."

„Ha!", unterbreche ich Luisa, „also doch ein Muss. Wenn du jemanden lieb hast, fühlst du dich gezwungen, aufzuräumen."

„Nein. Meine Mutti hat mich ja genauso lieb. Sie akzeptiert es, wenn ich mein Zimmer nicht nach ihren, sondern nach meinen Wünschen aufräume."

Ich ziehe meine Augenbrauen hoch und stelle fest: Ich habe mich selbst ins Abseits gestellt.

„Erzähl weiter", bitte ich sie.

„Wenn ich *für* meine Mutter mein Zimmer aufräume, ist das nicht ehrlich, nicht wirklich ehrlich mir selbst gegenüber. Aber wenn sie von mir verlangt, dass ich aus Liebe zu ihr mein Zimmer aufräumen soll, dann kann sie mich nicht lieb haben. Dann würde sie meine Liebe zu ihr benutzen, um mich zu etwas zu bringen, was ich nicht will.

Ich mag dich zum Beispiel, weil ich dich eben mag. Aber nicht, weil ich etwas von dir dafür will. Das wäre unehrlich. Und Unehrlichkeit gibt es in meinem Leben nicht. Ich liebe die Wahrheit."

„Ich mag dich auch", werfe ich ein, doch Luisa ist mit ihren Ausführungen noch nicht fertig. Sie ist richtig in Fahrt.

„Ich bin ein bisschen vom Thema abgekommen.

Ich wollte dir ja sagen, warum ich nur, und wirklich nur im Jetzt lebe:
Wenn ich mich mit meiner Vergangenheit beschäftige oder mit meiner Zu-

kunft, kann ich nicht jetzt leben.
Wenn ich darüber nachdenke, was ich heute noch alles erledigen muss, kann ich das Jetzt nicht genießen.
Und wenn ich mir Vorwürfe mache, dass ich gestern oder vorige Woche oder vor Monaten etwas gemacht habe, was ich heute nicht mehr gut finde, dann vermassele ich mir das Jetzt.
Also lebe ich lieber nur im Jetzt. Dann brauche ich mir über Vergangenes oder Zukünftiges keine Sorgen zu machen."
„Machst du es dir da nicht ein wenig zu einfach?"

„Was machst du, wenn du zum Beispiel gestern frech zu deiner Mutter gewesen bist und es dir heute leid tut.
Denkst du dann nicht an gestern und quälst dich herum?"
„Nein, wenn ich frech bin und es mir leid tut, dann entschuldige ich mich bei meiner Mutter – sofort! Glaubst du, ich habe Lust einen ganzen Tag mit einem schlechten Gefühl herumzulaufen? – Natürlich lerne ich daraus. Denn, wenn ich etwas mache, was mir ein schlechtes Gefühl gibt, dann mache ich es einfach nicht mehr. Damit hat sich die Sache erledigt."

„Aha. Und was ist mit der Zukunft?

Machst du dir keine Gedanken darüber, was du mal werden möchtest – beruflich?"

Ich bin sicher, dass sie jetzt zugeben muss, sich über ihre Zukunft Gedanken zu machen. Jeder junge Mensch will irgendetwas werden. Vielleicht will Luisa ja Kinderärztin, Lehrerin oder Krankenschwester, Architektin, Sozialarbeiterin oder eine große Mathematikerin werden? Ich weiß nicht genau, welche die beliebtesten Berufe heutzutage sind ...

Aber sie sagt:

„Nein. Ich mag bestimmte Sachen mehr als andere.

Ich liebe es, zu malen.

Ich liebe es, zu lesen.

Ich liebe es, mir draußen bei Wind und Wetter den Wind um die Nase wehen zu lassen und Lebewesen aller Art zu beobachten.

Ich liebe es, eine Kiste zu bauen und zu verzieren, in die ich meinen Schmuck legen kann.

Ich liebe Geld und ich liebe das Gefühl der Macht, etwas verändern zu können.

Aber was ich werden will, wie du es nennst, weiß ich nicht.

Ich bin jetzt.

Früher oder später? Nö, jetzt!"

Geld und Macht? Ja!

Ich glaube, ich habe nicht richtig gehört. Also frage ich nach:
„Du liebst Geld und die Macht? Dann bist du ja doch vielleicht ein Egoist?"
Luisa erklärt:
„Mit Geld kann ich mir kaufen, was ich zum Leben brauche. Was ist also falsch daran, dass ich Geld liebe?"
„Nun ja, weil Geld den Charakter verdirbt."
„Wenn ich Geld als Mittel für Macht sehe, dann vielleicht. Aber Geld als Mittel zum Leben nicht.

Irgendwann, wenn alle Menschen alles lieben so wie es ist und nichts mehr vergleichen und bewerten, brauchen sie kein Geld mehr. Jeder gibt dann das, was er hat und bekommt, was er braucht – überall auf der Welt."

„Du sagst aber auch, dass du die Macht liebst", erwähne ich leicht säuerlich und fest davon überzeugt, eine menschliche Lücke in Luisas Wesen entdeckt zu haben.
„Na klar liebe ich die Macht.
Aber nicht die Macht, die dazu benutzt wird, sich selbst ganz oben und die anderen ganz unten anzusiedeln."
„Welche denn?"

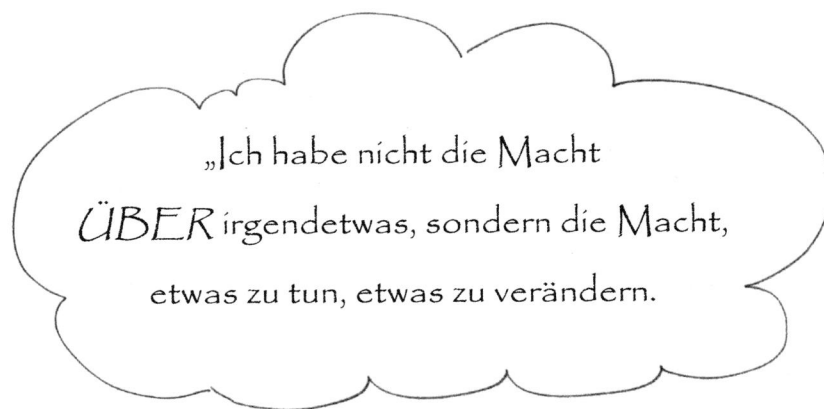

„Ich habe nicht die Macht ÜBER irgendetwas, sondern die Macht, etwas zu tun, etwas zu verändern.

Mit dieser Macht kann ich den Menschen zeigen, dass sie mit Liebe und Verständnis schneller zum Ziel kommen."

Hm, wieder ein klares Eigentor.
Hat denn dieses Mädchen auf alles eine Antwort?
„Was ist denn mit denen, die nicht die Macht haben, etwas zu verändern?", will ich wissen.
„Jeder hat die Macht, etwas zu verändern.
Deine innere Stimme sagt dir schon, was du wann tun kannst.
Und dann: Tu es auch… so wie das Gänseblümchen."
„Welches Gänseblümchen?", frage ich erstaunt.
„Kennst du nicht die Geschichte vom kleinen Gänseblümchen und der wunderschönen Rose?"
„Nein, erzähl sie mir."
„Okay …

Das Gänseblümchen und die Rose

Am Rande einer großen, wilden, saftig grünen Wiese wuchs ein kleines Gänseblümchen unter vielen anderen. Gleich daneben erhob sich in all seiner Pracht ein Rosenstrauch.
Eine der Rosen, die an dem Strauch wuchsen, fiel wegen ihrer Schönheit besonders auf. Sie hatte das schönste Rot, das die Welt je sah. Sie war groß und stolz. Selbst die Vögel und die Wiesentiere priesen ihre Schönheit und achteten sie voller Ehrfurcht. Niemand wagte es, der Königin der Wiese näher zu kommen oder gar mit ihr zu sprechen.
Nur das kleine Gänseblümchen kannte keine Ehrfurcht. Es kannte überhaupt keine Furcht. Und erst recht nicht die Ehrfurcht.

Eine Freundin des kleinen Gänseblümchens entrüstete sich:
‚Wie kannst du nur so etwas sagen. Du musst sie fürchten, weil sie so groß, stark und schön ist. Und du musst sie achten und ehren! Sonst beachtet sie dich nicht. Was wäre das für eine Schande. Sei froh, dass du in ihrer Nähe wachsen darfst.'
Doch das kleine Gänseblümchen sagte ruhig:
‚Ich habe doch keine Angst vor einer Königin. Auch wenn sie schön ist, machtvoll und prächtig, ist sie doch nur eine Blume wie ich.'
‚Pass nur auf', warnte die Freundin, ‚eines Tages wird sie dich mit ihren mächtigen Dornen stechen und du wirst sterben, wenn du ihr nicht die königliche Ehrfurcht entgegen bringst, die sie verdient.'

‚Ach du großes Röschen', lachte da das kleine Gänseblümchen, ‚was ist denn das für eine Königin, die droht. Eine Königin liebt, aber sie droht nicht. Eine Königin weiß, dass sie nur durch Liebe die Liebe anderer gewinnen kann. Nur ein Narr könnte glauben, mit der Verbreitung von Angst die Liebe anderer zu bekommen. Hast du das, was du da behauptest, denn selbst einmal von ihr gehört?

Hat sie je gedroht, euch zu erstechen?'
‚Nein, natürlich nicht. Niemand hat es je gewagt, mit der Königin der Wiese zu sprechen', sagte die Freundin – ehrfürchtig und fügte fast trotzig hinzu: ‚Aber jeder weiß das!'

Eines Tages versuchte das kleine Gänseblümchen, mit der schönen Rose in ein Gespräch zu kommen:
‚Hallo, Rose!', rief sie.
Zunächst bekam das kleine Gänseblümchen keine Antwort. Also rief es noch mal:
‚Hallo, Rose! Wie geht es dir?'
Die große, stolze Rose schaute auf das mutige Gänseblümchen hinunter. Ihr Gesicht sah traurig aus, fand das Gänseblümchen. Zur Überraschung aller Anwesenden antwortete die Rose dem Gänseblümchen:
‚Meinst du mich?'
‚Ja!'
‚Du sprichst mit mir?'
‚Ja.'

Jedes Wesen in der Umgebung erwartete nun, dass die Rose sich niederbeugen würde, um das kleine Gänseblümchen mit einem Stich zu erledigen. Doch die Rose sagte:
‚Jetzt, wo jemand mit mir spricht, geht es mir etwas besser.'
Das kleine Gänseblümchen hatte Mitleid mit der großen, stolzen Rose und fragte:
‚Ging es dir denn schlecht?'
‚Ja natürlich. Niemand auf der ganzen, großen, wundervollen Wiese will etwas mit mir zu tun haben. Jeder meidet mich. Ich fühle mich klein und hässlich. Niemand hat sich je dafür interessiert, ob es mir gut geht. Seit ich denken kann, habe ich mich gefragt, was ich wohl falsch gemacht habe – irgendwann früher. Und weil ich nicht wusste, was ich falsch gemacht habe, konnte ich es auch für

die Zukunft nicht ändern.
Liebes, liebes Gänseblümchen, du gibst mir Hoffnung.
Bitte lass uns Freunde sein.'

Das kleine Gänseblümchen war verblüfft und glücklich zugleich.
– Die Nachricht verbreitete sich wie ein Lauffeuer über die Wiese, und jeder wollte nun seine Königin glücklich machen. Jeder wollte mit ihr reden – aber ehrfürchtig. Immerhin war es ja die Königin der Wiese. Nachdem das Gänseblümchen der Rose erzählt hatte, warum noch nie jemand mit ihr geredet hat, lachte sie laut:
‚Da mache ich mir seit ewigen Zeiten Gedanken über die Vergangenheit und die Zukunft, grübele darüber nach, was ich wohl falsch gemacht habe und habe dabei das Wichtigste vergessen: das Jetzt.'

Das Gänseblümchen und die Rose schlossen eine Freundschaft voller Wahrheit und Offenheit, die ewig hielt."

„Das ist eine schöne Geschichte, kleines Gänseblümchen Luisa", sage ich und frage – fast ehrfürchtig:
„Machst du denn niemals etwas Falsches?"
„Nein, weil es nichts Falsches gibt. Es gibt auch nichts Richtiges. Es gibt nur Dinge, die mich weiterbringen oder behindern. Wenn du nur das tust, was dir deine ehrliche, innere Stimme sagt, dann kommst du immer weiter", sagt sie als wäre es das Natürlichste auf der Welt.
„Wie kann ich denn wissen, ob es meine ehrliche, innere Stimme ist oder nur irgendein Gedanke?"
„Wenn du dich gut fühlst, ist es okay für dich.
Wenn du ein mulmiges Gefühl in der Magengegend hast, dann nicht", sagt sie leise, „... so wie mal bei mir.
Dann erzählt mir Luisa etwas – etwas über sich, etwas ganz Persönliches, das zeigt, dass auch sie nur ein Mensch ist – ein ganz außergewöhnlicher, aber eben ein Mensch.

Der widerliche Nachbar

"Vor zwei Jahren hatte ich eine Menge schlechter, mulmiger Gefühle in der Magengegend. Es waren Gefühle der Angst, der Wut und des Selbstzweifels. In dieser Zeit habe ich mich nicht weitergebracht, sondern behindert. Ich fand mich hässlich und ich wollte alles können, aber ohne etwas dafür zu tun. Das funktionierte natürlich nicht und mein Selbstwertgefühl sank in den Keller. Also war ich unzufrieden und ließ das meine Eltern, meine Freunde und jeden, mit dem ich zu tun hatte, spüren. Ich schimpfte über alles und jeden. Damit wollte ich erreichen, dass sie hässlicher und fauler erschienen als ich selbst.

Meine Freunde wandten sich von mir ab. Keiner wollte mehr etwas mit mir zu tun haben. Jeder mied mich, als hätte ich eine ansteckende Krankheit. Ich fühlte mich bestätigt: ich war hässlich und nicht besonders viel wert. Es war eine Zeit, in der ich mich selbst fast verloren hätte...
... bis meine Mutter ein ruhiges, aber ernstes Gespräch mit mir führte. Zunächst widerwillig ließ ich mich darauf ein.
Sie forderte mich auf, in mich reinzuhören und zu fragen:
‚Wer bist du?'

Ich hörte in mich rein. Da war eine kleine hässliche Luisa, die schrie: ‚Du bist nichts wert.'
Ich sagte es meiner Mutter und sie forderte mich auf, noch mal in mich reinzuhören.
Diesmal sah ich eine trotzige Luisa, die mir zurief: ‚Lass mich in Ruhe'.
Ich sagte es meiner Mutter und sie forderte mich auf, noch mal in mich reinzuhören.
Da stand die kleine Luisa und winkte mir zu. Sie war noch immer nicht sehr freundlich, aber sie sagte: ‚Ich hab dich lieb – trotz allem!'
Zum ersten Mal seit langem fühlte ich mich glücklich. Meine Mutter wusste das und sagte nur: ‚Mach was draus.'

Von diesem Tage fing ich an, anders zu leben.
Ich habe keine Angst mehr, nicht vor mir selbst und vor nichts und niemand anderem. Seitdem weiß ich, dass das Gefühl der Angst mich nur blockiert, und zwar in allem, was ich tue. Ich frage immer erst mich selbst, wenn ich ein Problem habe. Und weißt du was? Meine innere Stimme, mein Gefühl, meine Seele – die ‚kleine' Luisa in mir drin - hat mich noch niemals im Stich gelassen oder schlecht beraten."

Luisa sitzt mit ihrer dritten Tasse Tee in meinem Ohrensessel, und sie strahlt eine derartige Zufriedenheit aus wie ich sie selten bei einem Menschen erlebt habe. Wenn ich es nicht besser wüsste, nein fühlte, würde man, nein ich, nicht glauben, das sie eine Geschichte über sich selbst erzählt hat.
„Dein Verhalten vor zwei Jahren war aber doch dann falsch, oder?", frage ich.
„Nein. Ich habe etwas daraus gelernt, und deshalb hat es mich weitergebracht. Daran kann nichts falsch sein, oder? Ich habe erfahren, das mein Verhalten Folgen hatte, die ich nicht wollte: Keiner spielte mit mir, jeder mied mich. Ich hatte ein schlechtes Gefühl. Doch ohne diese Erfahrung hätte ich nicht gewusst, das ich diesen Weg nicht wollte.

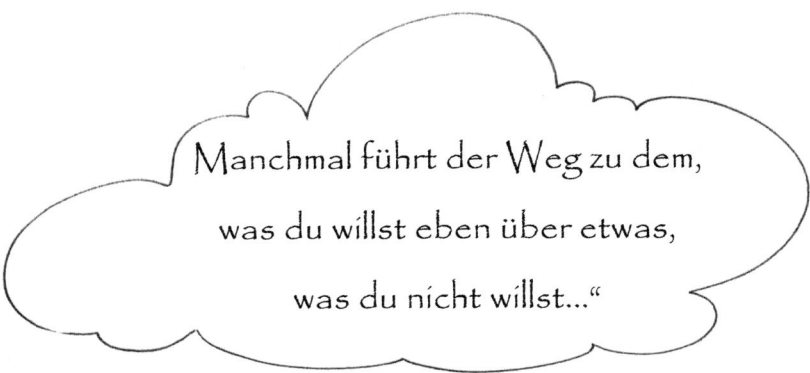

„Manchmal führt der Weg zu dem, was du willst eben über etwas, was du nicht willst..."

„Wie ging es weiter?", will ich gespannt wissen.
„Erst einmal fand ich das Gefühl toll, mich selbst lieb zu haben. Dadurch hatten meine Freunde mich nach einer gewissen Zeit auch wieder lieb.
Die meisten Menschen denken nämlich, sie müssten andere lieb haben, damit die anderen sie lieb haben."
„Hm. Das dachte ich auch immer."
„Es ist aber genau umgekehrt", erklärt Luisa, „wenn du dich lieb hast, dann haben dich die anderen auch lieb."
„Oder sie halten dich für hochnäsig", werfe ich ein.
„Nein. Ich binde ja nicht jedem auf die Nase, dass ich mich lieb habe. Sie spüren die Liebe, die ich in mir habe. Das ist etwas anderes. Sie empfinden mich als angenehm und manche machen sich dann auch Gedanken über sich selbst. Oder sie fragen, wie ich das mache. Dann erkläre ich es ihnen: Ich habe mich einfach lieb – und alles, was mir begegnet."
„Auch den widerlichen Nachbarn?", werfe ich ein.
„Auch den widerlichen Nachbarn!"
„Warum?"
„Weil ich alle Menschen liebe."
„Aber, was tust du, wenn dieser widerliche Nachbar dich beschimpfen würde, weil du im Treppenhaus zu laut gewesen bist...?"
„... dann denkt er vielleicht zuviel. Oder er hat vergessen, was Liebe ist. Oder beides. Auf jeden Fall ist das für mich ein Grund mehr, ihn zu lieben. Ich lächle ihn freundlich an und bitte ihn um Verzeihung."

„Ohne dass du dich dazu überwinden musst?", frage ich erstaunt und beinahe verständnislos.
„Ja."
„Wie schaffst du das?"

„Ich weiß, dass jede Wut und jeder Angriff ein Hilferuf ist."

„Ein Hilferuf!? Nein!", erwidere ich ziemlich laut. „Man kann sich doch nicht von jemandem beschimpfen lassen, ohne ihm die Meinung zu sagen. Irgendwann wird doch jeder mal mürbe und reagiert!
Man kann sich doch nicht alles gefallen lassen!!"
Luisa sieht mich an. Sie legt den Kopf ein wenig schief und sagt:
„Ist dir eigentlich schon mal aufgefallen, dass du immer ‚man' sagst, wenn du dich nicht traust, wirklich deine Meinung zu sagen?"
Einerseits fühle ich mich ertappt, andererseits bin ich so richtig in Fahrt, was dieses Thema angeht und sage:
„Das macht doch jeder.
Man lässt sich eben nicht alles gefallen!
Ähm, ich lasse mir eben nicht alles gefallen.
... Doch, eigentlich lasse ich mir eine Menge gefallen.
... Gut: ich finde, ich sollte mir nicht alles gefallen lassen.
Zufrieden?"

„Ja."
„Wehrst du dich denn niemals?", frage ich.
„Was meinst du mit *wehren*?"
Zuerst will ich gar nicht glauben, dass Luisa diese Frage ernst meint, doch ein prüfender Blick sagt mir: Sie will es wirklich wissen.

„Zurückmeckern. Ihm ein ‚Lass mich doch in Ruhe' entgegenschleudern. Ihm sagen, dass er seine Probleme doch mit sich ausmachen soll. Oder zumindest böse gucken", erkläre ich mit wilden Handbewegungen.
„Ach, du meinst kämpfen – so wie er es tut?"
„Na ja, in gewisser Weise schon. Irgendwann merkt er, dass er das mit dir nicht machen kann, weil du stärker bist als er, und gibt es auf, dich zu piesacken…"
Luisa sieht mich kritisch an und vollendet den Satz auf ihre Weise:
„ … und sucht sich ein neues Opfer.
Nein, Fridolin", sagt sie bestimmt, „so funktioniert das nicht. So entstehen Kriege.

Ich will dir noch eine Geschichte erzählen, die ich selbst erlebt habe.

Luisas Deutschlehrerin

„In meiner letzten Schule hatte ich eine Deutschlehrerin, die mich nicht mochte. Eigentlich mochte sie niemanden so besonders, aber mich mochte sie gar nicht. Sie fand immer einen Grund, mich zu kritisieren.
Irgendwann merkte ich, dass es mir immer schwerer fiel, mich selbst und sie trotz allem zu mögen, wenn sie in meiner Nähe war. Sie zog mich regelrecht runter.

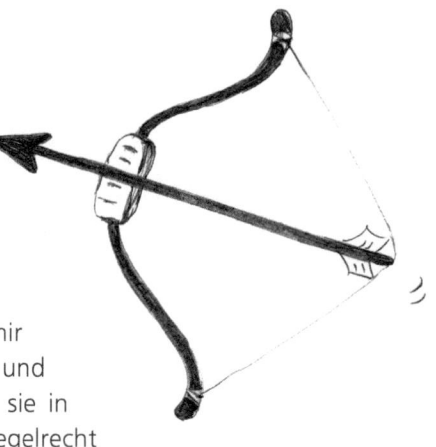

Ich musste etwas tun.

Also beschloss ich, auf sie zuzugehen, und wenn das nichts brachte, mich von ihr fernzuhalten und das Beste draus zu machen.
Denn eigentlich mochte sie sich selbst nicht. Das wusste ich.
Aber wenn sie nicht lernen wollte, sich zu mögen, dann würde ich es auch nicht ändern wollen.

Also ging ich einmal in einer großen Pause zu ihr und fragte sie geradeheraus: ‚Warum haben Sie etwas gegen mich?' Sie sah mich kaltherzig an und antwortete: ‚Wie kommst du denn darauf? Ich beurteile nur Leistungen und die sind bei dir sehr mäßig.' Damit war das Thema für sie erledigt. Sie wollte sich umdrehen und weggehen – einfach so.

Ich schloss meine Augen. Das tue ich immer, wenn ich vor einer für mich großen Entscheidung stehe. Ich frage immer mich selbst ganz tief in mir drin.
Dann sagte ich mit einem guten Gefühl: ‚Ich mag Sie'."
Luisa macht ein Pause.
Ich werde ganz ungeduldig und frage:
„Erzähl schon Luisa, wie ging es weiter?"
Ich hatte nämlich auch so eine Lehrerin in meiner Kindheit – und die hasse ich heute noch für ihr Verhalten mir gegenüber.
Dann fährt Luisa fort:
„Sie drehte sich um und sah mich lange an.
Ich zitterte ein bisschen, aber ich überwand meine Angst und schickte ihr aus tiefster Seele ein schönes Gefühl.
Ich sagte noch einmal aus voller Überzeugung: ‚Ja, ich mag Sie.'
Völlig verwirrt erwiderte sie: ‚Wie kannst du mich mögen...?'
Ich spürte ihre Unsicherheit und lächelte sie aus vollem Herzen an: „Weil ich in Sie reingucken kann. Und da sehe ich einen sehr netten Menschen, der nur verlernt hat, sich selbst zu mögen. Und der verlernt hat, Dinge zu tun, die ihm ein schönes Gefühl geben."

Luisa streckt sich.
Ich sehe sie gespannt wie ein Flitzebogen an.
Ich befürchte das Schlimmste (wie immer) und frage:
„Bist du daraufhin von der Schule geflogen?"
„Nein", lacht Luisa, „das war der Beginn einer schönen Freundschaft. Zunächst hat sie natürlich ablehnend reagiert. Aber später gab sie zu, dass sie sich wirklich selbst nicht mochte und dass sie glaubte, in ihrem Leben alles falsch gemacht zu haben. Im Laufe der Zeit hat sie gelernt, sich so zu lieben wie sie ist. Sie war die beste Lehrerin, die wir alle je hatten!"
„Hm", sage ich skeptisch, „aber das funktioniert doch nicht immer!"
„Doch – immer!", sagt Luisa aus voller Überzeugung.
Ihre körperliche Haltung – sie wirkt fast einige Zentimeter größer als sonst – signalisiert mir: Widersprich ihr nicht!

Bekräftigend fügt sie hinzu:

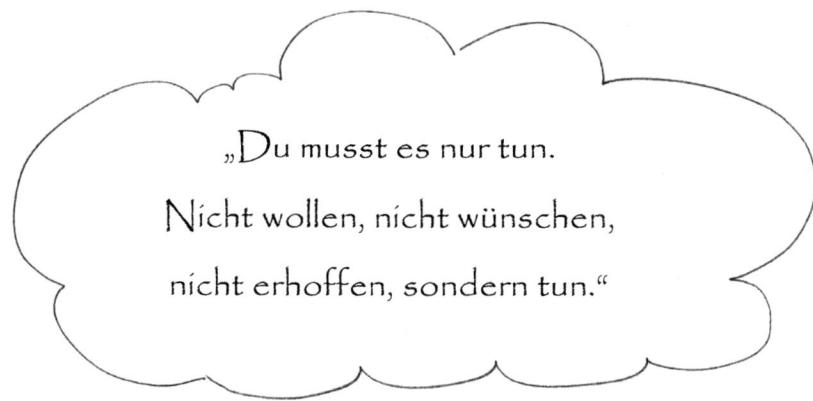

„Du musst es nur tun.
Nicht wollen, nicht wünschen,
nicht erhoffen, sondern tun."

„Aha?"
Leise und vorsichtig wage ich nun doch noch einen kleinen Widerspruch: „Dein Gefühl, deine Liebe zu deiner Deutschlehrerin – warum, das mag verstehen, wer will – haben aber doch nicht ausgereicht. Du musstest mit ihr reden, um an sie heranzukommen."
„Ich war mir selbst nicht mehr sicher", gibt Luisa kleinlaut zu, „und das wollte ich nicht. Ich wollte auch, was diesen harten Fall anging, meine Liebe zu mir und zu allen, wirklich allen Menschen behalten."
„Und wenn das nicht funktioniert hätte?", frage ich.
„Dann hätte ich den Weg, den sie für sich gewählt hat, akzeptiert."
„Luisa?"
„Ja."
„Was ganz genau ist Liebe?"
Ich gehe davon aus, dass sie jetzt eine Weile nachdenken wird und gehe in die Küche, um ein paar Kekse zu holen. Doch sie muss nicht überlegen.

Wie ich dir, so du mir

Noch bevor ich die Tür zur Küche erreicht habe, platzt sie mit einer glasklaren Beschreibung von dem ach so schweren Begriff Liebe – wie ich finde – heraus. Doch dann sagt sie:

„Wenn ich für dich will, was *du* für dich willst, dann liebe ich dich wirklich! Wenn ich aber für dich will, was *ich* für dich will, dann will ich nur Macht *über* dich haben."

Ich kratze nachdenklich meinen Kopf.
Ich gehe weiter in die Küche hinein, denn jetzt brauche *ich* einige Sekunden zum Nachdenken.
Während ich die Kekse aus dem Schrank nehme und sie auf einen Teller lege, höre ich mich sagen.
„Ich kann jemandem, der gegen mein Schienbein tritt, nicht sagen, dass ich ihn liebe. Ich kann es nicht einmal denken. Ich wünsche ihn zum Teufel. Und wenn ich kann, renne ich ihm hinterher, um ihm auch gegen das Schienbein – oder woanders hin – zu treten. Wenn mir einer von den piekfeinen Leuten unten im Dorf sagt, ich sei ein alter Kauz mit merkwürdigen Eigenschaften, macht mir das nicht besonders viel aus. – Sollen sie doch denken, was sie wollen! – Aber ich würde niemals so weit gehen, auch nur einen kleinen Gedanken daran zu verschwenden, ob ich diese keifenden Menschengestalten lieben könnte.
Oft lebe ich frei nach dem Motto: Wie du mir, so ich dir! Aber meist ist es mir egal – wenn sie mich nur in Ruhe lassen."
Luisa sieht mich ernst an, aber keineswegs so, als hätte sich ihre Meinung über mich geändert – falls sie schon eine hat.
Schließlich sagt sie:
„Nein. Umgekehrt: „Wie ich dir, so du mir!"

„Wie bitte?" frage ich, noch immer ein bisschen aufgebracht.
Sie wiederholt: „Wie ich dir, so du mir!
Wenn jeder Mensch nach diesem Motto leben und handeln würde, gäbe es keine Kriege, keinen Neid und keine Gier, eben keine Angst mehr."
„Verstehe ich nicht."
„Ist doch klar!
Stell dir vor, jeder würde dich genauso behandeln, wie du ihn behandelst.
Also: Wie ich dir, so du mir!
Und es wäre dir so klar wie dein Spiegelbild.
Würdest du dann jemandem wehtun? Ihm gegen das Schienbein treten?"
„Nein."
„Warum nicht?"

„Weil ich mir dann gleich selbst gegen das Schienbein treten könnte!"
„Richtig."
„Und?"
„‚Wie du mir, so ich dir' heißt doch nichts anderes als: Nur, wenn mir jemand etwas tut, wehre ich mich und tue ihm auch etwas. Ansonsten bin ich ein richtig netter Kerl. Ein tolles Alibi! – Wenn du aber nach dem Motto lebst ‚Wie ich dir, so du mir', dann übernimmst du für dich und dein Handeln selbst Verantwortung. Wer tritt sich schon selbst gegen sein Schienbein…"
„Klug gedacht", gebe ich zu, „aber wie sieht das in der Wirklichkeit aus?" Gleichzeitig winke ich ab und sage: „Das geht doch gar nicht."

„Probiere es doch einfach mal aus", sagt Luisa mit herausforderndem Ton, einem Ton in ihrer Stimme, den ich bisher noch nicht kennen gelernt habe.
„Ich werde darüber nachdenken", sage ich – wie immer, wenn ich ein Thema abbrechen will. Doch diesmal komme ich bei ihr nicht damit durch.
„Probiere es doch einfach aus", wiederholt sie etwas sanfter, aber immer noch mit diesem nachdrücklichen Ton in ihrer Stimme."
„Hm. Wie soll das denn gehen?"

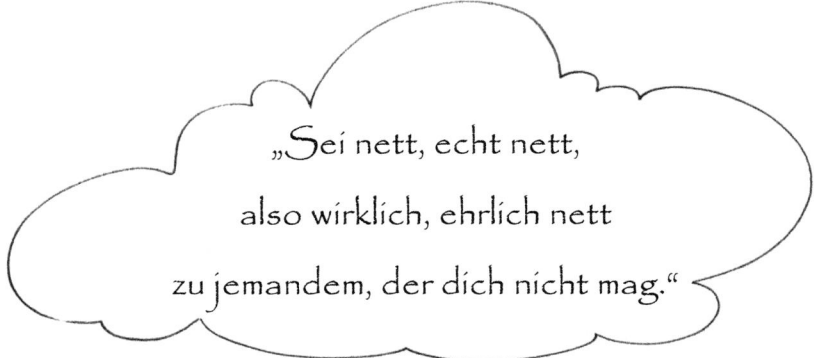

„Sei nett, echt nett, also wirklich, ehrlich nett zu jemandem, der dich nicht mag."

Sofort kommt mir diese, diese Frau in den Sinn. Sie mag mich nicht, und ich mag sie nicht.

„Du meinst, ich soll die Backwaren-Verkäuferin und Café-Fee, Frau Zöllner, anlächeln?"
Ich denke kurz nach und komme zu dem glasklaren Schluss:
„Kann ich nicht!"
„Warum nicht?"
„Weil sie eine vergrämte alte Frau ist, die an allem und jedem was zu meckern findet."
„Was denkt sie über dich?"
„Keine Ahnung. Aber Herr Liebenau, der Postbote, hat mir einmal erzählt, dass sie sich darüber aufgeregt hat, weil ich mein Brot nicht mehr bei ihr kaufe, sondern im Supermarkt gegenüber. Ich sei ein eingebildeter, alter Kauz, der bestimmt an ihrem Brot, an ihr und überhaupt an allem etwas zu meckern hätte."
Luisa lacht.

Ich will gerade böse werden. Sie lacht so laut und ... erfrischend, dass ich nicht anders kann und mitlachen muss.
Ich erahne, was sie gerade denkt.
„Du meinst", frage ich vorsichtig, „sie sieht in mir ihr Spiegelbild und ich in ihr meins?"
„So ähnlich vielleicht", sagt Luisa immer noch lachend.
Ich versuche mir das Gesicht von Frau Zöllner vorzustellen und bin entsetzt.
„Nein, das kann nicht sein", widerspreche ich energisch.
„Probiere es doch mal aus!", fordert Luisa. „Sag doch was Nettes zu ihr und lächle sie an. Deine, und nur deine Gefühle und deine Gedanken, gestalten die Wirklichkeit so wie sie ist."
Während Luisa dies so selbstverständlich sagt als sei das so etwas wie täglich Marmelade aufs Frühstücksbrötchen streichen, habe ich an diesem Gedanken so zu knappern wie an einer harten Salami. Und die verdaut sich deutlich schwerer als Marmelade.
Noch in Gedanken sage ich:
„Okay, ich probier's. Aber nur dir zuliebe!"
„Nein."

„Nein?"
„Nicht, weil du mich liebst, sondern weil du dich liebst."
„Wie ging das noch mal: mich selbst lieben?", frage ich leicht verunsichert.
„Weißt du noch, was Liebe ist?"
„Ja: Wenn ich einem anderen das wünsche, was er sich selbst wünscht, dann liebe ich ihn. Wenn ich ihm aber meine Ansichten aufschwatzen will und er das mit sich machen lässt, dann freue ich mich über die Macht, die ich über ihn habe und kann ihn deshalb gar nicht richtig lieben – oder so ähnlich.
Ich weiß, wie es theoretisch funktionieren soll, jemanden zu lieben. Aber nicht, wie ich mich selbst lieben kann."
„Ganz genau so: Wenn du wirklich das tust, was du für dich willst, dann kannst du dich selbst lieben. – Wenn du tust, was andere dir aufschwatzen, dann zweifelst du an dir und magst dich nicht besonders. Die Gefahr ist, dass du vielleicht irgendwann nicht mehr weißt, was du eigentlich willst. Und wenn du nicht weißt, wer du bist, wie sollen dich dann die anderen erkennen?

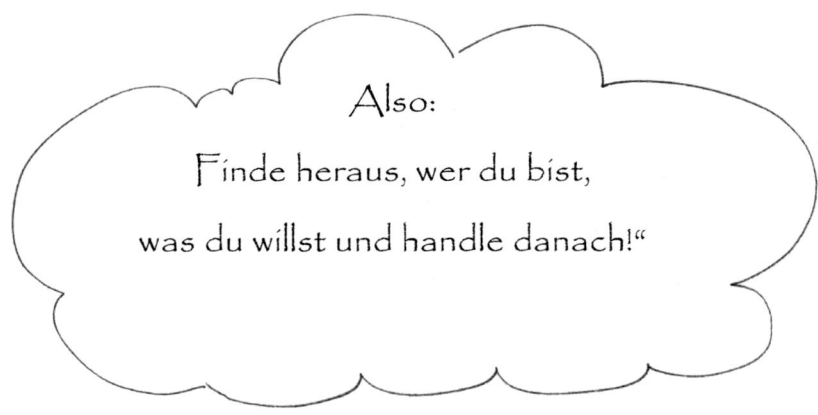

Also:

Finde heraus, wer du bist,

was du willst und handle danach!"

„Ach ja, ja. Klar. Okay."
Ich stehe auf und räume gedankenversunken die leeren Tassen in die Küche.

Luisa zieht ihren Mantel an.

„Hast du Lust, mit mir am Sonntagnachmittag Kuchen zu essen? Ich lade dich ein."

„Hier bei mir?", frage ich hoffnungsvoll, denn ich ahne nichts Gutes. Ich sehe in Luisas Augen ein seltsames Blitzen.

„Nein, in Frau Zöllners Kaffee."

„Nein", antworte ich entschieden.

„Nein?!"

Jetzt habe ich sie verblüfft. Es tut gut, und ich genieße den Augenblick noch ein bisschen. Dann sage ich:

„Nein! Ich lade dich ein."

Ich spüre richtig, dass Luisa innerlich aufatmet. Doch dann lacht sie wieder in ihrer gewohnt ungezwungenen Art und sagt:

„Treffen wir uns um 15.00 Uhr dort vor der Tür?"

„Ja."

Bevor ich noch etwas sagen kann, ist sie schon gegangen, aber nicht ohne sich vorher mit folgenden Worten zu verabschieden:

„Danke für den Tee und den schönen Nachmittag. Es war wieder richtig schön bei dir."

Ich weiß, dass sie das genau so meint, wie sie es sagt. Und das tut gut – richtig gut.

Hey, du da im Spiegel

Als sie gegangen ist, wird mir klar, worauf ich mich da eingelassen habe: Ich gehe mit einem Kind am Sonntagnachmittag in ein Kaffee. Ich werde Gegenstand von Frau Zöllners Boshaftigkeiten – und nicht nur ich! Vielleicht wird sie auch über Luisa herziehen, weil sie mit mir zusammen gesehen wird?

Was werden die Leute denken?
Was soll ich bloß anziehen?
Ich kann doch nicht mit meiner Lieblingsjeans und meinem dunkelblauen Lieblingspullover sonntags in ein feines Kaffee gehen.
Es werden bestimmt auch andere Leute da sein, die sich über mich den Mund zerreißen werden.
Ich befürchte das Schlimmste. Jeder wird nur mich sehen, diesen komischen Kauz ... und dieses wundervolle Kind.
Ich setze mich an meinen Schreibtisch und verfasse ein Gedicht über meine Gefühle. Das tue ich oft, wenn ich in tausend Stücke zerfalle und mich wieder zusammensammeln will.

In meinem Bauch ist die Hölle los,
in meinem Hals sitzt ein dicker Kloß;
mir wird kalt und heiß zugleich,
meine Knie werden weich.

Wer bist du? – Ein Mensch mit angstvollem Blick!
Was tust du? – Ich seh' immer nur zurück!
Was kannst du? – Mit Worten Seelen zerreißen!
Was willst du? – Mich in Einsamkeit verbeißen!

Ich geh, schau mich im Spiegel an,
kann nicht glauben, was ich sehen kann:
Einen Bart, eine Brille, dahinter mich.
Dieser Mensch da: Das bin ich?!

Wer bist du? – Ein Mensch von kauziger Art?
Was tust du? – Ich schneid meine Haare und stutze den Bart!
Was kannst du? – In Liedern Gefühle einschätzen!
Was willst du? – Ich will jetzt Berge versetzen!

In meinem Bauch wird es ganz still.
Wenn ich wirklich, ehrlich will,
weiß ich, das ich es ehrlich kann:
‚Der Versuch ist's wert: Ich lach mich an!'

Wer bist du? – Ein Mensch, wie's ihn zweimal nicht gibt.
Was tust du? – Ich bin erstaunt: Ich hab mich lieb!
Was kannst du? – Alles, denn ich bin bereit,
was ich will auch zu tun, zu jeder Zeit.
Ich hänge nicht mehr in der Vergangenheit!
Auch für die Zukunft habe ich keine Zeit..
Nicht früher oder irgendwann ist das Leben,
nur jetzt kann ich mir das Leben geben.

Wie war das noch mal? Meine echten Gefühle werden wahr. Und auch meine Gedanken gestalten die Wirklichkeit. So ungefähr hat sich Luisa ausgedrückt.
Also werden meine Gedanken und Gefühle wahr, ob schlechte oder gute. Ich denke darüber nach und versuche, mir das richtig klar zu machen. Wenn ich denke, dass Frau Zöllner eine alte, vergrämte Frau ist, die an allem und vor allem an mir etwas zu meckern hat, dann ist das für mich Realität. Wenn ich Frau Zöllner aber mag, wirklich mag? Mir für sie wünsche, was sie sich für sich selbst wünscht? Nach Luisa kann sie mich dann zumindest nicht mehr hassen oder auf dem Kieker haben.
Aber zunächst einmal will ich versuchen, ob ich mich überhaupt selbst lieben kann, bevor ich es bei anderen versuche.

Heute ist Mittwoch.
Bis Sonntag habe ich noch etwas Zeit – viermal schlafen, viermal aufstehen, viermal Mittagessen, viermal vor den Spiegel stehen und mich davon überzeugen, dass ich so ok bin wie ich bin.
Das schaffe ich.
Ich schreibe auf, was ich mir jeden Morgen und jeden Abend sagen werde:

> Hey, du da im Spiegel:
> Ich mag dich wie du bist,
> mit Fehlern und Übeln –
> weil es einfach so ist.
> Kein Wenn und kein Aber
> wird meine Entscheidung trüben
> und mich davon abhalten,
> dich, ja dich, zu lieben.

Donnerstag, 8.35 Uhr
Ich bin gerade aufgestanden und wanke zum Spiegel. Ich sehe mich und schaue schnell wieder weg.
Diesen Typen soll ich lieben?

Ich beschließe, mir erst einmal die Zähne zu putzen und mich zu waschen – ohne in diesen Spiegel zu sehen. Dann versuche ich es noch einmal.
Na ja, geht so.
Mein Spruch folgt mehr, weil ich es mir versprochen habe, aber nicht aus Überzeugung.

> Hey, du da im Spiegel:
> Ich mag dich wie du bist,
> mit Fehlern und Übeln –
> weil es einfach so ist.

Mist! Das ist gar nicht so einfach.
Ich kann das nicht.
Ich komme mir lächerlich vor.
Ich rede mir gut zu: ‚Wer kann dich schon hören?'
Ich – ich kann dich, ähm, mich hören.
Wieso fällt mir das so schwer? Höre ich mir denn so selten zu?
Rede ich überhaupt mit mir?
Nach kurzem Überlegen beschließe ich:
‚Es wäre doch gelacht, wenn ich das nicht hinbekomme.'
Also weiter:

> Kein Wenn und kein Aber
> wird meine Entscheidung trüben
> und mich davon abhalten,
> dich, ja dich, zu ...

Nein, dieses Wort kann ich nicht zu mir sagen, nicht so richtig, nicht echt, nicht in Wahrheit. Ich probiere es noch ein paar Mal, aber es kommt mir einfach nicht über die Lippen. Ich habe dieses Wort überhaupt seit fast zehn Jahren zu niemandem mehr gesagt. Nicht zu mir und zu niemand anderem!
Basta.
Ansonsten war der Tag ein ganz gewöhnlicher.

Freitag, 8.57 Uhr

Ich stehe lieber etwas später auf. Dann brauche ich nicht so schnell ins Badezimmer vor den Spiegel zu treten. Auch heute putze ich mir zuerst die Zähne, wasche mich und kämme meine Haare.
Der Bart gefällt mir nicht mehr. Ich rasiere ihn ab. Jetzt sieht man mehr von mir.
Oh je! Als wäre Luisa da, korrigiere ich mich sofort:
Jetzt sehe ich mehr von mir!
Ja, ich habe den Bart für mich abrasiert.
Nicht für irgendjemanden!
Für mich!
Dieses dumme, unverbindliche man fließt so leicht aus meinem Mund wie heißes Bratfett aus der Pfanne. Ich werde es einfrieren: das *man*, nicht das Fett.
Jetzt kommt wieder meine tägliche Prozedur. Ich sehe mich ganz ernst im Spiegel an und muss lachen.
Der Bart ist ab. Das ist gut.
Also los:

> Hey, du da im Spiegel:
> Ich mag dich wie du bist,
> mit Fehlern und Übeln –
> weil es einfach so ist.
> Kein Wenn und kein Aber
> wird meine Entscheidung trüben
> und mich davon abhalten,
> dich, ja dich zu ...

Mensch Fridolin, bis jetzt ging es doch gut. Mach weiter. Es fehlt doch nur noch ein Wort. Ich sehe weg (eine Fliege hat mich abgelenkt) und sage es – dieses Wort: lieben.
Morgen klappt es besser. Da lasse ich mich nicht mehr von einer Fliege ablenken.

Samstag, 9.10 Uhr

Ich werde noch zum Langschläfer, damit ich nicht vor diesen Spiegel treten muss. Ich empöre mich über mich selbst: Du lässt dich doch von dir nicht unterkriegen? So ein widerlicher Kerl bist du ja nun auch nicht! Trotzig wie ein Kind stelle ich mich vor mich, also vor den Spiegel, und schreie mich an:

> Hey, du da im Spiegel:
> Ich mag dich wie du bist,
> mit Fehlern und Übeln –
> weil es einfach so ist.
> Kein Wenn und kein Aber
> wird meine Entscheidung trüben
> und mich davon abhalten,
> dich, ja dich zu ... lieben.

Das gibt es nicht. Ich habe es geschafft! Ohne Zähneputzen, waschen und Haare kämmen.
Mutig probiere ich es noch einmal.
Es funktioniert wieder! Ohne dass ich mich anschreien muss.
‚Toll, das hast du gut gemacht', sage ich stolz zu meinem Spiegelbild.
Und dann füge ich leise, ja fast ehrfürchtig hinzu:
‚Ich habe es gut gemacht, wirklich gut gemacht.'
Zum ersten Mal bin ich davon überzeugt, dass ich den morgigen Tag nicht nur überstehen werde.
Ich werde ihn meistern.

Sonntag, 8.20 Uhr

Fröhlich stehe ich auf und gehe zu mir – ähm, zu meinem Spiegelbild. Diesmal spreche ich jedes Wort so bewusst und langsam und überzeugend, dass ich mich am Ende sogar anlächeln kann. Keine Fliege der Welt würde mich gerade jetzt dazu bringen, den Blick von mir abzuwenden.
Ich habe mich verändert. – Luisa hat mich verändert.
Ich werde meine Jeans anziehen, meine geliebte Jeans. Ich habe sie gestern

gewaschen. Sie gibt mir ein besseres Gefühl.
Ich werde auch meinen dunkelblauen Pullover anziehen. In ihm fühle ich mich sicher. Ein bisschen Unterstützung kann ich gut gebrauchen, und wenn es nur die von meinem blauen Pullover ist.

Sonntag, 14.00 Uhr
Ich brauche etwa zehn Minuten für den Weg runter ins Dorf. Aber ich gehe jetzt schon los. Ein bisschen Kraft tanken – im Wald.
Vorher gehe ich noch einmal zu meinem Spiegel ...

Es ist ein schöner Weg von meinem Haus runter ins Dorf und ein bisschen ist es so, als würde ich ihn zum ersten Mal gehen.
Der kühle Herbstwind streichelt zart, aber bestimmt mein Gesicht. Nie zuvor habe ich es so empfunden. Vielleicht, weil ich keinen Bart mehr habe?
Ich bleibe einen Moment stehen und lausche den Geräuschen. Es scheint, als summe der Wind ein kleines Lied. Dazu tanzen die trocknen Blätter in rot, gelb und braun direkt vor meinen Augen. Es scheint als wollten sie mir gut gelaunt den Weg ins Dorf weisen. Ich gehe weiter. Das gleichmäßige Rascheln meiner Schritte auf dem Blätterteppich gibt der kleinen Herbstsinfonie einen Rhythmus.

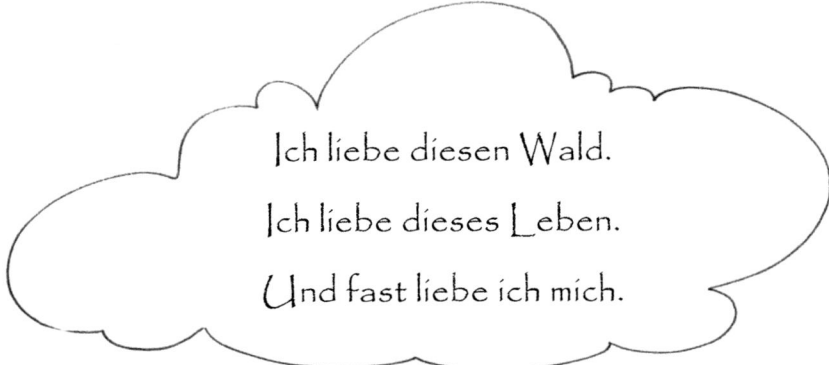

Ich liebe diesen Wald.
Ich liebe dieses Leben.
Und fast liebe ich mich.

Trotz meiner genussvollen Wanderung ins Dorf bin ich zwanzig Minuten zu früh. Luisa ist noch nicht da. Ich beschließe, mich solange auf die Bank gegenüber des Café's zu setzen und dort zu warten. So habe ich Gelegenheit, das Treiben dort und Frau Zöllner ein wenig zu beobachten – aus sicherer Entfernung.

Trotz meines guten Gefühls spüre ich eine leichte Unsicherheit, ein mulmiges Gefühl in mir aufsteigen. Ich kämpfe nicht dagegen an. Ich sage mir ein paar Mal: ‚Es ist gut so, ich mag mich so wie ich bin. Und das mit der Angst bekomme ich schon hin.' Ich atme ein paar Mal tief ein und aus. Nun ist es besser.

Ich sehe Frau Zöllner.

Sie bedient ihre Gäste mit diesem mir sehr gut bekannten, verkniffenen Gesicht. Es ist das gleiche Gesicht, das ich tatsächlich noch vor einigen Tagen im Spiegel gesehen habe. Ich kann nicht erklären warum, aber ich empfinde keine Abneigung gegen Frau Zöllner.

Ich empfinde Mitleid.

Sie sieht so verloren aus, hastet von einem Gast zum anderen, versucht ein freundliches Lächeln oder ein zustimmendes Nicken. Ich spüre: Es ist nicht echt, nicht wirklich.

Und ich spüre: Sie weiß es auch.

Da fällt mir eine kleine Geschichte ein, die mir meine Mutter einmal erzählt hat. Sie handelt von einem Fuchs, den keiner mochte. Sie erfand diese Geschichten, um mich in traurigen Situationen zu trösten. Die Hauptperson war immer ein Tier oder Kind namens Fridolin.

Damals, als sie mir diese Geschichte erzählte, war ich sehr traurig, weil ich nach unserem Umzug in Hamburg keinen Freund fand. Ich wollte weder Mutproben bestehen, noch Fußball spielen und auch keine Mädchen ärgern.

Deshalb beschlossen alle: ‚Der ist doof!'

Wie Fridolin Fuchs neue Freunde gewann

Es war einmal ein Fuchs, der hieß Fridolin. Er war klug, sanftmütig und hat noch niemals irgendjemandem etwas getan. Aber trotzdem er war ein Fuchs und alle Tiere in seiner Umgebung hatten Angst vor ihm.

„Füchse fressen Vögel, Mäuse und andere kleinen Tiere", rief der Dachs den anderen zu.

„Haltet euch von dem Fuchs fern! Er ist gefährlich!", schrie die Eule in der Nacht.

Eine kleine, freche Maus hänselte ihn sogar mit einem kleinen Gedicht, während sie laut lachend um ihn herumtanzte:

,Seht euch nur das Füchslein an,
wie dumm es manchmal gucken kann!
Du kriegst uns nicht, du kriegst uns nicht,
du spitzes, rotes Fuchsgesicht!'

Fridolin war sehr traurig.

Er hatte noch nie ein kleines Tier gefressen wie die anderen seiner Art und fühlte sich von den Waldbewohnern ungerecht behandelt. Fridolin lebte von Pflanzen. Aber zweimal in der Woche schlich er zu dem alten Bauernhaus. Der Bauer hatte Hühner und Gänse, doch an denen hatte Fridolin kein Interesse. Trotzdem musste er aufpassen, denn der Bauer durfte ihn nicht erwischen. Sonst hätte er womöglich mit seiner Flinte auf ihn geschossen. Immerhin war er ein Fuchs.

,Und ein Fuchs ist ein Fuchs', pflegte der Bauer zu sagen. ,Er stiehlt meine Gänse und Hühner, um sie zu fressen.'

Auch hier wurde Fridolin verurteilt.

Nur ein einziges Wesen kannte ihn wirklich: Harro, der alte Jagdhund des Bauern. Er hatte seine Hütte gleich vor dem Haus und bekam jeden Tag frisches Futter. Zweimal in der Woche teilte Harro mit Fridolin sein Futter.
„Komm ruhig öfter", brummte Harro, „du brauchst etwas Vernünftiges im Magen. Du bist noch jung."
Er wusste, dass den Gänsen und Hühnern des Bauern von Fridolin keine Gefahr droht, weil Fridolin ein ganz außergewöhnlicher Fuchs war.

Doch die Waldtiere hänselten ihn immer weiter.
„Ich möchte bloß mal wissen, wo dieser Fuchs zweimal in der Woche hinläuft", wunderte sich die Eule.
„Er wird woanders die kleinen Tiere fressen, weil er Angst vor uns hat", vermutete die freche Maus.
‚Ich glaube, er frisst die Hühner vom Bauern", sagte der Dachs.
Und eine hochmütige Amsel rief vom Baum: „Vielleicht frisst er ja die Katzen aus dem Dorf oder sogar Menschen!"

Das Leben im Wald wurde für Fridolin immer unerträglicher. Niemand wollte etwas mit ihm zu tun haben. Er spielte sogar mit dem Gedanken, woanders hinzuziehen. Doch eines Tages geschah etwas, das alles verändern sollte.

Wie üblich ging Fridolin zu Harro, um sich satt zu fressen. Die hochmütige Amsel folgte ihm. Sie hatte es vorher mit den anderen Waldtieren so besprochen. Die Neugier hatte gesiegt. Sie wollten unbedingt wissen, was der Fuchs außerhalb seines Reviers so trieb. Als die Amsel sah, wohin Fridolin ging, wunderte sie sich sehr. Da saß Harro ganz ruhig und ließ ihn aus seinem Napf fressen. Sogar zwei Hühner gesellten sich dazu und gackerten fröhlich. Sie wussten, dass sie vor Fridolin keine Angst zu haben brauchen.

Die Amsel wurde ganz still.

‚Was haben wir getan!', dachte sie. ‚Wie können wir dieses Unrecht bloß wieder gut machen?'

Schnell flog sie in den Wald zurück und rief eine Krisensitzung ein. Der Dachs, die freche Maus, die Eule und viele anderen lauschten mit erstauntem Blick den Erzählungen der Amsel. Dann war es still im Wald.

Alle hatten ein furchtbar schlechtes Gewissen, und die kleine, freche Maus weinte sogar. Aber die Eule hatte eine Idee. Geheimnisvoll flüsterte sie den anderen ihren Plan zu.

Als Fridolin zurückkam und neue Hänseleien erwartete, staunte er nicht schlecht. Da standen alle Waldtiere zur Begrüßung vor seinem Bau und sangen:

‚Zum Geburtstag viel Glück,
zum Geburtstag viel Glück!
Zum Geburtstag, lieber Fridolin,
zum Geburtstag viel Glück.'

„Ich habe heute doch gar nicht Geburtstag', sagte er gerührt.
Doch die kleine, freche Maus antwortete:

‚Dann hast du eben ab sofort zweimal im Jahr Geburtstag. Denn ab heute gehörst du genau wie alle anderen zu uns.'

Der Dachs fügte vorsichtig hinzu:

‚Wenn du das noch möchtest, lieber Fridolin. Nach allem, was wir dir angetan haben.'

‚Ja', erklärte die Eule, ‚es tut uns wirklich leid, was wir mit dir gemacht haben.'

Fridolin war so überrascht, dass er gar nicht fragte, warum die Waldtiere ihre Meinung über ihn geändert hatten. Er war einfach nur glücklich, endlich dazuzugehören. Und so akzeptiert zu werden wie er nun einmal war.

Frau Zöllner hat gelächelt

Da kommt dieses wundervolle Kind – Luisa.
Sie winkt mir zu.
Ich winke zurück.
„Hallo Fridolin", ruft sie und fügt leise hinzu: „Wollen wir uns in die Höhle des Löwen wagen?"
„Hallo Luisa", begrüße ich sie mit einem Lachen und nicke zustimmend.

Als wir das Kaffee betreten, scheint jede Unterhaltung zu verstummen. Alle Blicke sind auf uns gerichtet. Ich bemerke, dass Frau Zöllners Mund sprachlos offen steht. Selbst die Kaffeemaschine scheint für einen Moment stillzustehen. Luisa bricht das Schweigen und sagt freundlich:
„Guten Tag, Frau Zöllner, haben Sie noch einen Tisch für uns?"
Ein Mädchen, das an einem der hinteren Tische sitzt, springt auf und ruft:
„Hallo Luisa! Kommt doch zu uns. Hier sind noch zwei Plätze frei."
Luisa sieht mich fragend an. Ich nicke – und bin ganz entspannt. Wir schlängeln uns an den Tischen vorbei in die hintere Ecke des Kaffees. Einmal kreuzt Frau Zöllner meinen Weg. Sie sieht mich an, als wolle sie mich geradewegs wieder aus ihrem Kaffee befördern. Ich bleibe stehen und lasse ihr den Vortritt. Dabei lächele ich sie ehrlich, ja wirklich ehrlich an.
Ich spüre ihre Verwirrung. Ich fühle ihre Unsicherheit und ihre Angst, die sie vor Schroffheit zu verbergen versucht.
Ja, ich habe echtes Mitgefühl.

„Melanie! Das ist Fridolin, Fridolin Reinfeld. Ich habe dir von ihm erzählt", sagt Luisa zu ihrer Freundin.
„Sehr angenehm."
Melanie reicht mir höflich die Hand und fragt neugierig:
„Ist es nicht furchtbar einsam in diesem kleinen Haus da oben auf dem Berg?"
„Melanie!", ertönt die entrüstete Stimme des Mannes am Tisch, der ihr Vater zu sein scheint. Die Frau, wahrscheinlich Melanies Mutter, fügt vorwurfsvoll hinzu:
„So etwas tut man nicht, Melanie!
Der arme Mann sitzt noch nicht einmal, und du überhäufst ihn schon mit sehr persönlichen Fragen."

Luisa und ich sehen uns an. Jedes Wort wäre überflüssig. Der Mann steht auf und stellt sich vor:

„Weirich, angenehm. Und das ist meine Frau. Wir sind die Eltern von Melanie. Sie und Luisa haben sich angefreundet. Sie gehen in dieselbe Klasse."
Während sich Herr Weirich wieder setzt fragt er:
„Sind Sie mit Luisa verwandt? Man hört ja die tollsten Geschichten über Sie."
„Nein", sage ich ebenso höflich, aber dennoch sehr freundlich, „ich bin nicht mit Luisa verwandt."
Da steht Frau Zöllner neben uns und rettet mich so vor weiteren Erklärungen über meine Beziehung zu Luisa.
Mit einem dunklen Unterton in ihrer Stimme fragt sie:
„Was darf's sein?"

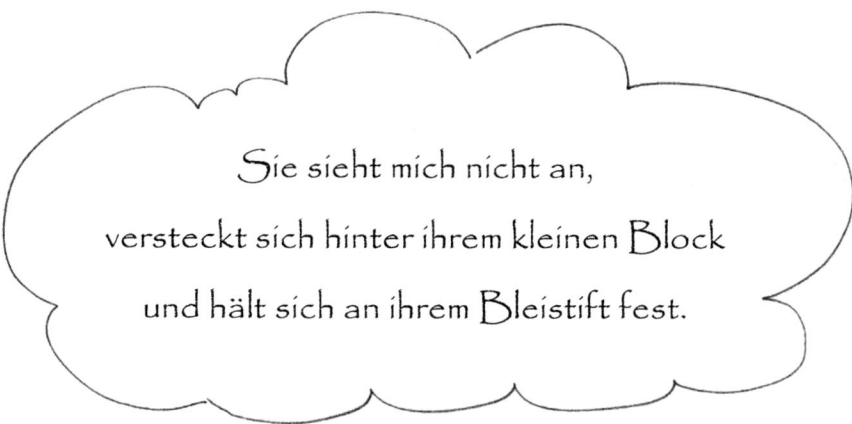

Sie sieht mich nicht an, versteckt sich hinter ihrem kleinen Block und hält sich an ihrem Bleistift fest.

„Ich hätte gern eine Tasse Kaffee und ein Stückchen Erdbeertorte. Und du, Luisa?"
„Ich möchte auch ein Stück Erdbeertorte und dazu einen Pfefferminztee."
Ohne ein Wort wendet sich Frau Zöllner ab und erfüllt pflichtbewusst unsere Bestellung.

„Ich arbeite als Architekt in einer großen Firma", erklärt Herr Weirich wichtig. „Wir planen im südlichen Teil dieses kleinen Städtchens eine Neubausiedlung. Aber in ungefähr drei Jahren, wenn diese Arbeit abgeschlossen sind, ziehen wir wieder in die Großstadt."
Dann fragt er – in einer Art, als wüsste er ganz genau, dass ich nichts Besseres sein könnte als er:
„Und was machen Sie beruflich?"

„Ich?"
Ein mulmiges Gefühl überkommt mich. ‚Er ist ein wichtiger Architekt in einer großen Firma', denke ich bewundernd. Er hat mich durch sein Wichtigtun schwer beeindruckt. Ich fühle mich ziemlich klein. Luisa spürt das wohl und sieht mich aufmunternd an.
„Ich bin Schriftsteller, Dichter und Komponist", sage ich nach drei Atemzügen und füge vorsichtshalber noch hinzu: „Bis vor zehn Jahren habe ich als Lehrer an einem Gymnasium in Köln gearbeitet."

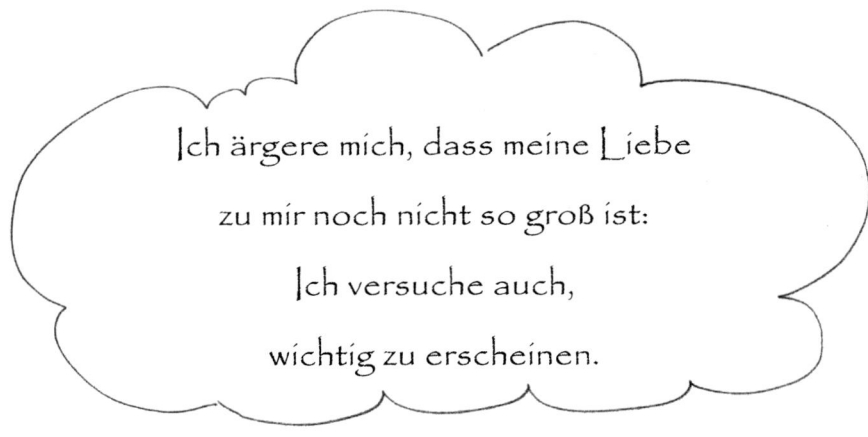

Ich ärgere mich, dass meine Liebe zu mir noch nicht so groß ist: Ich versuche auch, wichtig zu erscheinen.

„Welche Fächer haben Sie unterrichtet?", will Frau Weirich wissen.
„Mathematik, Geschichte und Musik."
„Ach, das ist ja interessant. Und welche Klassen haben Sie unterrichtet?"
„Eine Sechste, eine Achte und eine Zehnte."
„Himmel", sagt Frau Weirich entzückt, „dann könnten Sie unserer Melanie ja vielleicht Nachhilfe in Mathematik geben?"
„Eva", unterbricht Herr Weirich seine Frau, „du kannst doch Herrn Reinfeld nicht einfach überfallen. So etwas muss doch wohlüberlegt werden. Und so schlecht ist Melanie in Mathematik ja nun auch nicht."

Frau Weirich senkt beschämt den Kopf. Ich spüre richtig, wie sie sich im Moment fühlen muss. Mir wird zum ersten Mal *wirklich* klar, was Luisa meint, wenn sie über das unehrliche, unechte Verhalten von Menschen erzählt.
Die Redewendungen: ‚Wie kannst du nur', ‚Das muss doch wohlüberlegt werden' oder ‚So etwas tut *man* nicht' sind wirklich nur ein Versteckspiel mit der Wahrheit und mit der Angst, sie könnten irgendwie ins Fettnäpfchen treten und etwas von ihrem erhabenen Getue verlieren.
Melanie rettet die Situation. Sie fragt mich:
„Was schreiben Sie denn so?"

„Bücher für Kinder – mit wissenschaftlichem Hintergrund – und Zeitungsartikel."

„Und davon kann man leben?", fragt Herrn Weirich – wieder in einer Art, die mir nicht gefällt.

Aber ich schöpfe Hoffnung, er hat jetzt schon zum zweiten Mal das Wörtchen *man* benutzt! Versteckt er sich hinter der Fassade der allgemeinen Meinung? Der Meinung anderer? Ich atme tief durch, schöpfe neue Kraft und sage ganz bewusst, klar und freundlich: „*Ich* kann davon leben."

Er hat es akzeptiert.

Sein hocherhobenes Haupt senkt sich einige Millimeter – kaum spürbar – während er an seinem Kaffee nippt.

Er stellt keine Fragen mehr. Er hat gespürt, dass ich auch jemand bin. Ich fühle mich wohl.

Nachdem wir unseren Erdbeerkuchen gegessen und den Kaffee und den Pfefferminztee getrunken haben, rufe ich Frau Zöllner:

„Würden Sie mir bitte die Rechnung bringen?"

Kurze Zeit später steht sie neben uns und rechnet mir den Betrag vor. Sachlich, kalt und verkrampft.

„Acht Euro, zwanzig Cent", sagt sie. Es klingt wie der Warnruf eines Hirsches, der einen Gegner aus seinem Revier vertreiben will.

Ich halte ihr einen Zehneuroschein hin und lächele sie freundlich an: „Bitte runden Sie auf neun Euro auf."

Sie gibt mir einen Euro wieder, haucht ein kaum hörbares ‚Danke' und nimmt eilig unsere Teller vom Tisch – ohne ein weiteres Wort.

Während ich das Geld wegstecke, sage ich:

„Ich danke Ihnen für die freundliche Bedienung, Frau Zöllner."

Einen Moment hält sie inne. Sie sieht mich an, als wäre ich von einem anderen Planeten. Ob sie wohl denkt, dass ich sie veräppeln will? Zur Sicherheit lächele ich sie noch einmal an.

Dann spüre ich eine gewisse Entspannung in ihrer Körperhaltung – und: Sie lächelt mich an!

Kann das wirklich sein? Sie lächelt mich an. Ich habe sie noch nie lächeln sehen, geschweige denn in meiner Gegenwart. Doch jetzt lächelt sie mich an. Toll.
Ich habe ein gutes Gefühl, und ich denke, sie hat auch ein gutes Gefühl.
Luisa steht schon in ihrem Mantel neben mir, als ich aufstehe. Wir verabschieden uns freundlich von Melanie und ihren Eltern. Dann gehen wir.
Draußen angekommen, atme ich tief durch.
„War es so schlimm?", fragt Luisa.
„Es war interessant", sage ich.
„Es war schön", sagt sie.
„Ja, du hast Recht! Es war eine schöne und sehr wertvolle Erfahrung für mich", gebe ich zu.

„Ich begleite dich noch bis zum Wald, dann können wir noch ein bisschen reden", bestimmt Luisa.
Ich weiß, dass es keinen Sinn hat, ihr zu widersprechen. Und so gehen wir langsam, sehr langsam los.

Berge versetzen? Ja! Aber wie?

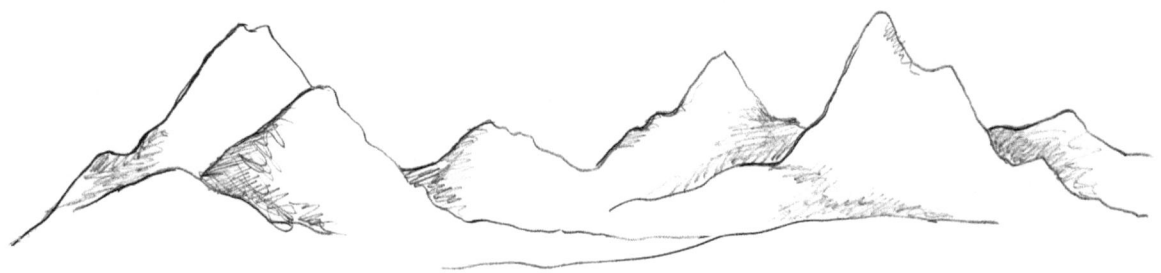

„Dieser Herr Weirich ist ein komischer Kerl", sage ich. „Er genießt es scheinbar, Macht über andere Menschen zu haben. Über seine Frau, seine Tochter und wahrscheinlich auch über seine Mitarbeiter."
„Und über sich", ergänzt Luisa.
„Wieso?"
„Wenn er nicht Macht über sich selbst hätte, wäre er nicht so verkrampft. Er zwingt sich dazu, erfolgreich, stark und mächtig zu sein."
„Mir scheint, er will das so", werfe ich ein.
„Ja, aber nur, wenn du ihn von außen betrachtest. Wenn du in ihn reinguckst, erkennst du einen ziemlich verunsicherten, ängstlichen Menschen."
„Ängstlich kam er mir aber gar nicht vor", widerspreche ich.
„Er gibt sich nicht so wie er ist", sagt Luisa völlig sicher. „Ich glaube sogar, dass er gar nicht wirklich weiß, wer er ist. Vielleicht hat er nie die Gelegenheit gehabt, sich selbst kennenzulernen. Melanie hat erzählt, dass schon sein Vater ein Architekt war. Und der wollte, dass sein Sohn auch Architekt

wird. Und der hat die Sachen vom Ernst des Lebens, von nur durch harte Arbeit findest du zum Glück und so weiter geglaubt.
Ja, und heute macht Herr Weirich bei seiner Tochter damit weiter. Auch Melanie hört von ihrem Vater Sätze wie: ‚Das Leben ist hart, du musst kämpfen, wenn du etwas erreichen willst.'"
Ich versuche mir vorzustellen, in welcher Zwangslage – im wahrsten Sinne des Wortes – sich die Familie befindet (und in der ich mich bis vor kurzem auch befunden habe, aber nicht so schlimm).
Gedankenversunken sage ich:
„Da muss man doch was tun!"
„Man?"
„Luisa?!" sage ich empört. „Es gibt Wichtigeres als sich jetzt über meine falsche Wortwahl auszulassen."
„Wen meinst du denn mit ‚man'? Den Metzgermeister, die Kassiererin im Supermarkt oder Frau Zöllner?
Du sagst ‚man', weil du keine Verantwortung übernehmen willst!"
Eigentlich hat sie Recht. Ich gebe es zu. Aber ...
Provozierend sage ich:
„Was kann *ich* denn schon tun? Ich kenne die Leute ja nicht einmal richtig. Soll ich etwa zu Herr Weirich gehen und ihm an den Kopf werfen, er solle seinen Job an den Nagel hängen und beten?"
„Keine schlechte Idee."
Ich sehe Luisa fassungslos an.
„Aber auch keine gute", fügt sie hinzu und erklärt:
„Dann würdest du nur seinen Vater ablösen. Dann sagst du ihm, was er tun und lassen soll."
„Luisa", sage ich ruhig, „das habe ich doch nicht so gemeint."
„Warum sagst du es dann?"
„Um von dir zu hören, was du denkst."
„Warum fragst du dann nicht einfach?"
Schachmatt.
Dieses Kind treibt mich zum Wahnsinn! Nein: Dieses Kind treibt mich zur Wahrheit.

Wir haben fast den Wald erreicht. Das letzte Stück gehen wir schweigend nebeneinander her. Dann sagt Luisa:
„Mach die Augen zu."
Ein bisschen irritiert mache ich die Augen zu.
„Und jetzt frag dich, wie du Herrn Weirich helfen könntest."
Es dauert eine Weile. – Ich muss erst zu mir finden. Komisch, wie echt doch Worte sein können: Zu mir finden!

Schließlich sage ich:
„Liebe ist, wenn ich Herrn Weirich wünsche, was er sich wünscht. Weil er aber offensichtlich nicht so recht weiß, was er sich wünscht, muss er erst herausfinden, was das ist. Aber wie ich ihn dazu bringen kann, das weiß ich nun wirklich nicht."
„Durch Liebe vielleicht?", sagt Luisa und sieht mich dabei an als wäre ich ein Luftballon, der gleich platzen müsse.
„Ich kann doch nicht zu ihm gehen und ihm meine Liebe gestehen! Luisa, das geht wirklich zu weit", empöre ich mich.
„Schick ihm deine Liebe in Gedanken. Mach das mit einem ganz ehrlichen Gefühl. Dann wird er anfangen, sich selbst zu fragen, ob das alles so richtig ist, was er tut."
„Und wie?"
„Wie bei Frau Zöllner eben im Kaffee. Sie hat gespürt, dass du ihr ein echtes Wohlgefühl entgegengebracht hast. Sie hat gelächelt."
„Hm. Ja. Damit habe ich aber doch noch nichts erreicht. Oder doch?"
Luisa grinst: „Vielleicht lächelt sie gerade jetzt einen anderen Gast an, der sie wiederum anlächelt. Und der hatte auch ein gutes Gefühl dabei und lächelt wieder einen anderen an oder sagt ihm was ehrlich Nettes…"
„Ist ja gut, Luisa, ich verstehe.

> „Ich kann also durch mein ehrliches, wahrhaftes Verhalten Dinge in Gang bringen, einen Stein ins Rollen bringen – Berge versetzen?"

„Ja. – Frage dich, wenn du etwas wissen willst. Hör auf dich und handle danach. Deine innere Stimme wird dir niemals etwas raten, was dir schadet. Und wenn jemand etwas verändern kann, dann du!
Und ich. Und jeder andere auch."
„Tolle Worte, aber so ganz kapiere ich das immer noch nicht."
„Kennst du Jesus?"
„Klar, wer kennt den nicht?"
„Siehst du!"
„Was meinst du mit: ,Siehst du?'", frage ich etwas irritiert.
„Schon allein, dass du ihn kennst, ist klasse. Denn er hatte eine Ausstrahlung, die in kürzester Zeit viele Menschen dazu gebracht hat, ihm zuzuhören. Er strahlte Liebe aus. Er liebte jeden Menschen und die Strahlen, die er damals ausgesendet hat, wirken auch heute noch auf uns. – Du kennst ihn. Jeder kennt ihn. Jeder weiß, was er getan hat."
„Das ist aber ziemlich weit hergeholt", sage ich vorsichtig.
„Na gut, hast du schon mal ein Baby oder ein kleines Kind beobachtet?"
„Ja."
„Was hast du dabei empfunden?"
„Es ist ein schönes Gefühl."
„Warum?"

„Ja, warum? – Weil die Kleinen mich anlachen, egal wie ich aussehe oder wie andere Menschen mich sehen. Sie geben mir das Gefühl, dass ich ein netter Mensch bin."

„Kleine Kinder können das auch noch – dich lieben, jeden lieben, alles neugierig und mit schönen Gefühlen erleben. Und die schlechten Gefühle werden einfach als Erfahrung abgebucht, weggesteckt und daraus gelernt.

Viele verlernen diesen lockeren Umgang mit Erfahrungen, wenn sie größer werden."

„Wodurch?"

„Wenn ihnen Erwachsene sagen: ‚Wenn du in die Schule kommst, beginnt der Ernst des Lebens, dann wird es kompliziert' oder: ‚Wenn du böse bist, habe ich dich nicht mehr lieb.'

Und wenn sie erreicht haben, dass die Kinder ihnen glauben, dann haben sie das Ziel ihrer Erziehung erreicht: Sie werden genauso erwachsen wie sie es sind – und protzen mit ihren Erfahrungen, denken, dass nur ihre Erfahrungen etwas wert sind."

Luisa ist richtig aufgebracht.

Doch ich will von diesem Thema noch nicht weg und frage:

„Und wenn Kinder wirklich fallen und sich wehtun?"

„Dann wissen sie, dass sie sich wehtun, wenn sie fallen. Und je früher sie solche Erlebnisse haben, desto ungefährlicher sind die Ergebnisse. Sie passen besser auf, weil sie es selbst erfahren haben. Kleine Kinder haben sich nämlich noch lieb. Das verlernen sie erst, wenn sie größer werden."

„Aber ist es denn nicht besser, wenn Erwachsene ihnen das vorher sagen und sie so vor Gefahren warnen?"

„Nein."

„Nein!?"

„Irgendwann fallen sie, ob es die Erwachsenen sagen oder nicht. Die Kleinen erfahren so nur: Erwachsene haben Recht. Sie verlernen, sich selbst zu erfahren und verlassen sich darauf."

„Ist das schlecht?"

„Schlecht ist gar nichts. Nur ob es dem kleinen Menschen nützt, ist fraglich."

„Wie soll das denn funktionieren? Ich meine das mit der Kindererziehung, ohne Drohungen und Strafen", frage ich.

„Meine Eltern ermuntern mich, Erfahrungen zu machen und die Konsequenzen zu erleben, damit ich aus diesen selbst lernen kann. Sie sagen mir nicht, dass ich Rücksicht nehmen muss. Sie lassen mich die Erfahrung selbst machen. Nur so lerne ich, was Rücksicht überhaupt ist und wie ich mein Wissen nutzen und anwenden kann.

Melanies Eltern sagen: Wir haben diese und jene Erfahrungen gemacht, und die sind nicht gut. Sie wollen Melanie davon abhalten, ihre eigenen Erfahrungen zu machen."

„Das ist aber doch nicht das Schlechteste, oder?"

„Kommt darauf an. Eltern sollen ja von ganz persönlichen Erfahrungen erzählen. Sie sollten aber nicht von ihren Kindern erzwingen, dass sie sich daran halten.

Stell dir vor, ein Kind namens Felix will unbedingt auf Stelzen laufen. Bei den anderen sieht es ja so einfach aus.

Seine Eltern raten Felix, vorsichtig zu sein, aber sie verbieten es nicht. Und sie laufen auch nicht hektisch hinter ihm her, um ihm zu vermitteln, dass jetzt bestimmt etwas Schreckliches passiert. Sie bleiben ruhig auf ihrem Platz, weil sie wissen, dass dieses Erlebnis nicht lebensbedrohlich ist.

Felix nimmt die Stelzen, steigt auf und will sofort loslaufen. Dann fällt er hin und schlägt sich die Knie auf.

Die Eltern kommen sofort und behandeln die Wunde, streicheln im über den Kopf und trösten ihn – jedoch ohne ein einziges Wort des Vorwurfs wie ‚Siehst du! Wir haben es dir ja gesagt!'

Felix hat die Erfahrung gemacht, dass es doch nicht so einfach ist und wird das nächste Mal vorsichtiger an Stelzen und vielleicht auch an andere Dinge herangehen. Die Eltern haben Felix zwar gewarnt, aber nicht genötigt, das zu tun, was *sie* für richtig halten.

Jetzt stell dir vor, ein Kind namens Oliver wird von seinen Eltern abgehalten, auf den Stelzen zu laufen, weil sie es für gefährlich halten. Sie sagen: ‚Du

wirst dich verletzen, wenn du nicht auf uns hörst.' Der Wunsch, auf Stelzen zu laufen ist aber so groß, dass es Oliver heimlich wagt – und genauso wie Felix hinfällt.
Aber Oliver hat eine andere Erfahrung als Felix gemacht. Er glaubt jetzt zu wissen: ‚Meine Eltern hatten Recht. Das nächste Mal höre ich gleich auf sie.' Oder es passiert noch etwas viel Schlimmeres und er denkt trotzig: ‚Ich mache nie mehr, was meine Eltern sagen', weil er furchtbar wütend auf sich selbst ist, eben weil sie Recht hatten.
In jedem Fall verliert Oliver das Vertrauen zu sich selbst.
Seine Eltern haben *ihr* Ziel erreicht. Aber nicht das Ziel ihres Kindes.
Und bei echten Gefahren wird Felix eher auf seine Eltern hören als Oliver.
Wieder ein Beispiel für:

Liebe baut auf; Angst zerstört."

Gedankenversunken folge ich Luisa – in Gedanken und auf dem Weg zum Wald. Ich versuche, es zu begreifen.
„So ähnlich ist es mit Melanie und ihrem Vater. Sie glaubt, er habe magische Kräfte und könne alle Fehlschläge schon im Voraus sehen, weil er alles weiß. Am Ende werden sich die Fehlschläge einstellen, weil Melanie daran glaubt, auch wenn ihr Vater gar nichts mehr sagt.

Melanies Vater sagt, es sei das Beste für, wenn sie Architektin würde. Dann schreit Melanies Seele: ‚Nein, das Beste für dich ist, Ärztin zu werden.' Sie gerät in den Zwiespalt: ‚Mein Vater hatte immer Recht. Also wird er auch in diesem Fall Recht haben.' Und schon hat sie den Kontakt zu sich selbst verloren. Klingt einfach", gebe ich zu.

„Ist auch einfach.", sagt Luisa. „Jeder Mensch, der sich selbst wirklich kennt, auf sich selbst hört und so lebt, kann anderen Menschen helfen. Nur durch Da-sein."

„Was ist mit dem, der auf seine innere Stimme hört, die sagt: Dem werde ich zeigen, wer hier der Boss ist. Den werde ich mal so richtig verhauen?"

„Der ruft nach Hilfe. Wenn er sich selbst lieb hätte, könnte er niemanden hassen oder verhauen. Er hat einfach nur Angst, missverstanden zu werden. Oder er haut in Wirklichkeit sich selbst, weil er aus irgendwelchen Gründen nicht weiß, wer er ist. Er glaubt, das es der einzige Weg ist, das zu bekommen, was er wirklich haben will: Verständnis, Aufmerksamkeit, Liebe."

„Wie könnte ich so jemandem helfen?", frage ich.
„Indem du ihn liebst."
„Wie kann ich jemanden lieben, der anderen wehtut?"
„Wenn du ihn liebst und ihm vergibst, wird er anfangen sich selbst zu lieben und niemandem wehtun."
„Hm. Und was ist mit dem, der verhauen wurde? Der will doch bestimmt Rache nehmen."
„Das ist der gleiche Kreislauf.

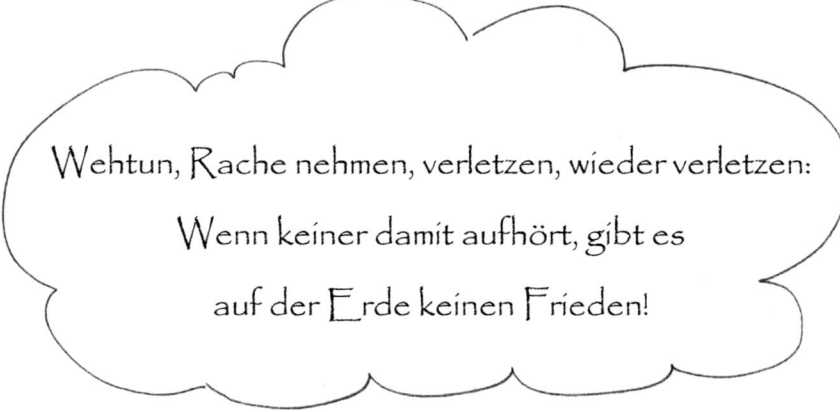

Wehtun, Rache nehmen, verletzen, wieder verletzen: Wenn keiner damit aufhört, gibt es auf der Erde keinen Frieden!

Du hast Frau Zöllner angelächelt, sie lächelt dich und den nächsten Gast an. Der wiederum fühlt sich gut und ist nett zum nächsten und so weiter.
Der Kreislauf ist besser – oder?"
„Ja, aber schwerer."
„Nein, leichter, wenn das Schwere in uns weggeräumt ist. Und das kommt ganz einfach, wenn du damit anfängst, ehrlich und wirklich anfängst, dein Räumtrupp in Bewegung zu setzen. Und wenn es alle tun, dann wird das so selbstverständlich wie der Kreislauf des Wehrens und Kämpfens jetzt ist."

Mit diesen Worten verabschiedet sich Luisa für heute von mir. Ich sehe ihr noch eine Weile hinterher, bis ich mich auf meinen Weg über die große Wiese, durch den wundervollen Wald zu meinem kleinen Holzhäuschen auf den Berg mache. Meine kleine Welt ist wunderschön, weil Luisa mir die Augen ein Stückchen mehr geöffnet hat – aber sie ist auch ein bisschen komplizierter geworden.

Wie Angst in die Welt kam

Am folgenden Mittwoch sehe ich Luisa, wie sie auf mein Haus zukommt. Sie winkt schon von Weitem.
„Fridolin", sagt sie, während sie noch ihre Jacke auszieht.
„Fridolin, du musst mir helfen!"
„Ich? Dir (!) helfen?
Wobei könnte ich dir schon helfen?"
„Mathe", sagt sie kurz. „Ich kapiere das einfach nicht."
Mein Herz macht einen kleinen Hüpfer. Ich kann Luisa helfen!
„Mathe ist gut", erwidere ich erleichtert, „davon verstehe ich was."
Bevor wir uns gemütlich an meinen Tisch im Wohnzimmer setzen, bringe ich noch Getränke und etwas zum Knabbern.
Jetzt kann es losgehen.
Nach einer Stunde hat Luisa das Wichtigste verstanden. Ihr Kopf raucht regelrecht und wir legen eine kleine Pause ein, bevor wir die Sache noch etwas vertiefen.
„Soll ich dir eine kleine Geschichte von der Angst erzählen?", frage ich sie. „Meine Mutter hat sie mir erzählt als ich noch ein Kind war. Ich habe seit Jahren nicht mehr daran gedacht. Aber jetzt, nachdem ich dich kennen gelernt habe und mir einige Gedanken über alles Mögliche mache, ist sie mir wieder eingefallen.
„Ja", freut sich Luisa, „das ist eine schöne Abwechslung zu Mathe."
Sie macht es sich in ihrem Lieblingssessel bequem, schließt die Augen, entspannt sich und wartet darauf, dass ich zu erzählen beginne.

August Angst

„Es ist schon viele tausend Jahre her. Da lebten die Menschen, die Tiere und die Pflanzen friedlich miteinander. Keiner brauchte irgendetwas, denn alles war da. Alle taten etwas, das ihnen Spaß machte. Einige fertigten Decken – für alle. Andere bereiteten das Essen zu – für alle. Einige kümmerten sich um die Kinder – von allen. Und einige halfen den Kranken und Schwachen. Jeder hatte eine Aufgabe, die er gewählt hatte und die ihm gefiel. Zu dieser Zeit gab es nur Liebe. Worte waren nicht notwendig, da alle Wesen spürten, wenn jemand etwas benötigte. Und weil jeder wollte, das es dem anderen gut geht, ging es jedem gut.

Doch eines Tages kam ein Wesen auf die Erde, das alles verändern sollte. Es hieß August Angst. Dieses Wesen fand das Leben auf der Erde furchtbar langweilig.
‚Jeder für jeden, so ein Blödsinn', sagte August. ‚Alles funktioniert, aber das ist doch öde. Keiner kämpft, keiner weint, keiner will irgendetwas. Da ist doch keine Spannung. – Das muss ich ändern.'
Und so dachte sich August einen Plan aus.

Er sammelte Steine. Große, kleine, matte, glänzende, eben alles, was so zu finden war. Dann putzte er sie und legte sie auf eine dunkelblaue Decke. August war stolz auf sich. Jeder Stein wirkte auf dem Blau wie ein kleines Wunder.
Dann rief er alle Menschen aus seiner Umgebung herbei und pries seine Steine als etwas ganz Besonderes an.
‚Jeder, der einen solchen Stein besitzt, hat sein Leben lang Glück.'
‚Wir haben alles, was wir brauchen', warf ein weiser Mann ein.
‚Aber kein Glück', sagte August Angst.
‚Was ist Glück?' fragte ein kleines Mädchen.
‚Was Glück ist!?'

Mit hochmütigem Blick und einer prachtvollen Geste Richtung Himmel erklärte August:
‚Glück ist ein tolles Gefühl. Es kommt ganz plötzlich, und du fühlst dich als wärest du nicht von dieser Welt, eben glücklich.'

Der weise Mann ahnte nichts Gutes und sagte:
‚Wir sind zufrieden, das reicht uns.'
Doch August ließ sich nicht abschrecken:
‚Glück ist besser als Zufriedenheit!'
Der weise Mann und viele andere wandten sich ab und gingen in ihre Häuser. Doch einige blieben und ließen sich viele Geschichten über das Glück erzählen. Schließlich baten sie um einen dieser Glückssteine.
Doch August sagte:
‚Wenn ich euch einen meiner wertvollen Steine gebe, dann müsst ihr mir auch etwas dafür geben.'
‚Was denn?', fragten sie erstaunt. ‚Du hast doch alles, was du brauchst.'
‚Ich habe keinen Diener. Einer von euch soll mich jeden Tag waschen. Einer soll mir Wasser zum Trinken aus dem Fluss holen. Und einer soll mir das Essen bringen und mich füttern.'

Die Menschen, die unbedingt einen dieser Glückssteine besitzen wollten, ließen sich darauf ein. Jeder, der einen oder mehrere Glückssteine besaß, verlangte nun von anderen etwas, das dieser gar nicht gerne tat. Und der wiederum sammelte auch Glückssteine, damit wieder andere Menschen für ihn tun mussten, was er nicht gerne tat und so weiter, und so weiter.
August war zufrieden.
Er lebte ein Leben voller Glück, so wie er es verstand, und hatte viele Menschen mit seiner Erklärung über Glück angesteckt.
Irgendwann starb August Angst, aber sein Erbe blieb den Menschen erhalten.

Viele tausend Jahre später kam August Angst wieder auf die Erde, um zu sehen, was aus ihr geworden ist.
Er bekam einen Riesenschreck.
Die Glückssteine von einst heißen heute Geld.
Alles können sich die Menschen mit Geld kaufen: Essen, Kleidung, Spielzeug, aber auch ein Stück Erde und sogar andere Menschen.
August stellte fest: Ohne Geld läuft auf der Erde gar nichts mehr.
Er sah wie ein Mann in einem Anzug einem anderen Geld gab, damit er für ihn arbeitete.
Er sah wie einer Familie das Haus weggenommen wurde, weil sie nicht so viel Geld hatte.
Er sah wie ein Kind vor Hunger weinte, weil seine Mutter kein Geld hatte, um ihm etwas zum Essen zu kaufen.
Er sah wie ein Vater sein Kind verprügelte, weil es nicht noch mehr lernen wollte, um später einen guten Beruf zu haben, um mehr Geld als andere zu besitzen.
Und er sah, dass die Liebe aus den Herzen der Menschen fast verschwunden war. Alle Menschen waren auf der Suche nach ihr, aber keiner wusste mehr so recht, was das eigentlich war – Liebe.

August weinte: ‚Das habe ich nicht gewollt. Nicht so.'
Dann erfuhr er, das die Menschen ein Wort für diesen Zustand auf der Erde gefunden hatten: Angst.
Es war sein Nachname!
Nun hatte August genug.
Er beschloss, den Menschen die Angst zu nehmen und endgültig vom Planeten Erde zu verschwinden. Er wusste, dass dies ein langer Weg sein würde, und er wusste auch noch nicht genau, wie er das anstellen sollte.
Doch dann kam ihm eine Idee.
Er begann bei dem Vater, der sein Kind verprügelte, weil er Angst hatte, es könnte ihm aus Geldmangel einmal schlecht gehen. Ihm setzte August einen kleinen Film in den Kopf:

Er sah sein Kind, das nun erwachsen war und wiederum sein Kind aus demselben Grund verprügelte. Und er sah sein Kind als unglücklichen Erwachsenen, der immer nur das getan hat, was andere ihm sagten. Er hatte Angst, etwas Falsches zu tun, weil er verlernt hatte, auf seine innere Stimme zu hören, die nichts als Gutes für ihr wollte. Diese Erfahrung öffnete dem Mann seine Seele. Er war sehr traurig. So konnte August all das, was die Menschen Angst nannten, aus dem Mann herausnehmen. August hatte dem Mann die Zukunft gezeigt, die er mit seinem Verhalten gewählt hatte. Jetzt – mit diesem Wissen aus dem Film in seinem Kopf – konnte er einen anderen Weg wählen. Und somit wählte er auch eine andere Zukunft.

Es würde ein langer Weg. Darüber war sich August klar. Aber er war sicher, dass er es schaffen würde, die Herzen der Menschen wieder mit Liebe zu füllen und das, was er vor tausenden von Jahren den Menschen beigebracht hatte, zu zerstören. Es wäre doch viel schöner, ohne Angst zu leben. Und darauf kam es schließlich an. Und wenn jeder sich und alles um sich herum so liebte wie es war, dann konnte es nie mehr die Gefühle, die aus der Angst entstehen, geben: Hass, Neid, Geldgier und vieles andere mehr.

Doch unverhofft bekam Angustus Hilfe. Denn all die Menschen, denen er die Angst nahm, gaben ihre Erfahrungen an anderen Menschen weiter. Und die wieder an andere.

Eines Tages war das Ziel erreicht.
Alle Menschen lebten wieder voller Liebe miteinander – und August verschwand für immer von der Erde – zusammen mit der Angst.
Von einem anderen Ort wacht er über die Menschen und achtet darauf, dass nicht wieder so ein Wesen wie er es damals war, die Angst in die Welt setzt."

„Die ist schön", sagt Luisa, „die gefällt mir. Und sie kommt schon ziemlich an die Wahrheit heran."

Das Netzwerk der Gefühle

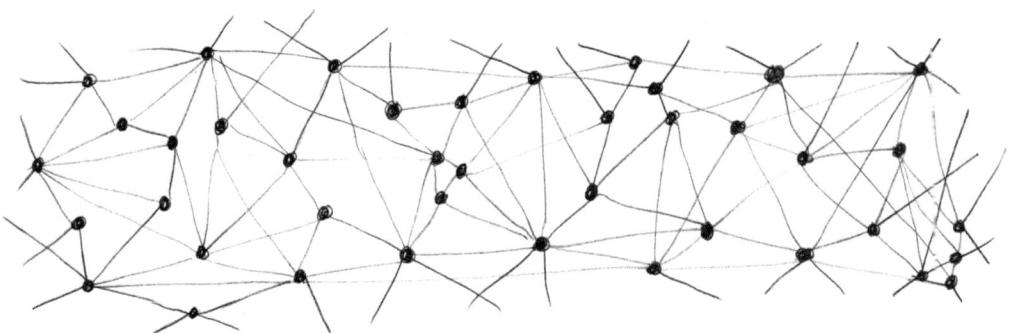

„Glaubst du, dass es so ähnlich wirklich gewesen sein könnte?", fragte ich gedankenversunken.

„Klar! Nur das Ziel haben wir noch nicht erreicht."

„Da hast du wohl Recht. Wir sind noch einige Schritte vom Ziel entfernt", sage ich gedankenversunken.

Luisa beugt sich nach vorne, um an die Salzstangen heranzukommen. Dann sagt sie:

„Ich habe keine Angst. Ich habe nur Gefühle, die mir sagen, was für mich funktioniert und was nicht. Und solange ich mich auf meine innere Stimme verlasse, habe ich vor nichts Angst. Sie sagt mir schon, wo es besser für mich ist, vorsichtig zu sein."

„Wenn das jeder könnte, wären wir Menschen schon einen großen Schritt weiter", stelle ich fest.

„Jeder Mensch kann es! Er muss es nur tun.

Nicht wollen, sondern tun.

Nicht in Erwägung ziehen, sondern tun.

Deine Gedanken und Gefühle bilden deine Wirklichkeit."

„Das hast du schon einmal gesagt, aber so ganz habe ich es nicht verstanden."
„Ist doch klar. Wenn du glaubst, dass du arm bist, dann bist du arm.
Wenn du dir immer wieder einredest, dass du böse bist, dann bist du böse.
Wenn du aber der Überzeugung bist, dass es dir gut geht, dann geht es dir gut.
Und wenn du fühlst, dass es nichts auf der ganzen Welt gibt, was dir schaden könnte, dann wird dir auch nichts wirklich schaden."
Ich sehe Luisa bewundernd an und frage:
„Was ist mit denen, die das nicht kapieren?"
„Sie werden es kapieren, wenn sie nur noch auf Menschen treffen, die sich und andere mögen. Dann bekommt jeder, der das Leben dieser Menschen berührt, das, was er braucht. Wer sich nicht selbst schaden kann, der schadet auch niemand anderem.
Alles ist eins!
Wir sind das Zusammenspiel eines größeren Wesens."
„Aber wie ist das zu schaffen, dass die Menschen zu sich selbst zurückfinden?"
„Wenn jeden Tag ein Mensch zu seiner inneren Stimme zurückkehrt, und dieser Mensch anderen zeigt, wie das geht, und der wiederum einem anderen …"

Ich lache.

„Damit wären wir dann wieder bei der Mathematik."

„Wie viele Menschen gibt es auf der Welt?", fragt Luisa.

„Das ändert sich jede Sekunde."

„So ungefähr", drängt sie mich.

„Am 12. Oktober 1999 wurde die Sechs-Milliarden-Grenze überschritten. Jeden Tag kamen etwa zweihunderttausend dazu. Heute, im Jahr 2016, sind es schon fast siebeneinhalb Milliarden!"

Luisa wird ganz blass:

„So viele?"

Ich schreibe sie auf ein Stück Papier:

7.500.000.000

„Das ist eine Menge Arbeit für August Angst!", staunt Luisa.

„Ja", beschwichtige ich sie, „aber er braucht sich ja nur um die Großen zu kümmern. Wenn die es kapiert haben, dann bringen sie es den über zweihundertzwanzigtausend Babys, die pro Tag geboren werden, von ganz allein bei."

„Wenn wir davon ausgehen", sagt Luisa nachdenklich, „dass August im Oktober damit begonnen hat, den Menschen die Angst zu nehmen.
Jeden Tag schafft er es bei fünfzig.
Die wiederum auch jeder bei zehn. Dann wären es schon fünfhundert.
Und wenn die auch jeder zehn schaffen, dann haben wir schon fünftausend am Tag."

„Fünftausend am Tag", sage ich mit dem Taschenrechner in der Hand. Jetzt rechnen wir 7.500.000.000 geteilt durch 5.000.
Das sind dann 1.500.000 (also: eine Millionen fünfhunderttausend) Tage.
Wenn ich das jetzt auf Jahre umrechne, komme ich auf mehr als 4.109 Jahre."

„Das ist zu lange", entscheidet Luisa.

Doch ich tröste sie und sage:

„Aber heute gibt es das Internet, da geht es viel schneller. Und wenn jemand beim Fernsehen ist, schafft er locker viele Tausend pro Sendung. Oder, wenn einer ein Buch schreibt, dann werden auch viel mehr angesprochen, als zehn am Tag."
„Dann sind es immer noch genug Jahre", erwidert Luisa entmutigt.
Zum ersten Mal, seit ich Luisa kenne, ist sie niedergeschlagen. Ich fühle mich gut, weil ich ihr jetzt auch mal guttun kann. Also sage ich:

„Kopf hoch, Luisa. Überall auf der Welt geschieht etwas. Überall passieren kleine und große Wunder:
Da sind Menschen, die sich um die Natur und die Tiere kümmern. Andere, die dafür sorgen, das keiner auf der Welt mehr hungern muss. Es gibt Ärzte, die sich um die Ärmsten kümmern, ohne einen Pfennig dafür zu nehmen. Und es gibt immer mehr Wesen, wie Frau Zöllner, die zu lächeln beginnen. Es dauert bestimmt nicht mehr lange, dann gibt es bei weitem mehr Menschen, die gute Gefühle haben und weitergeben.
Wir sind nicht die Einzigen!"

„Du hast Recht, Fridolin", lächelt Luisa in ihrer mir vertrauten lockeren Art, „erzwingen können wir sowieso nichts.

Wir können nur anfangen –

und weitermachen."

„Ja. Und jetzt machen wir weiter mit Mathematik. Da sind noch ein paar Lücken ..."

Luisa stöhnt auf. Aber sie fügt sich.

Nach einer Stunde ist Luisa fix und fertig, aber sie hat es begriffen. Ich bin ein bisschen stolz auf sie – und auf mich.

„Danke, aber für heute habe ich mir genug den Kopf über Mathe zerbrochen", sagt sie und macht sich auf den Weg nach Hause.

Ich denke noch lange über unser Gespräch nach. Ob ich wohl nicht zu optimistisch war, als ich Luisa über die vielen Menschen erzählt habe, die sich für uns und unsere Erde einsetzen? Wie sieht es mit denen aus, die eine Menge Macht über Menschen und die Erde haben und sie manchmal ohne Rücksicht ausnutzen. Und was ist mit denen, die viel Geld besitzen, weil sie die Erde und die Menschen kaputt machen.

Ob die wohl auch über diese Dinge alle nachdenken?

Dann setze ich mich an meinen Schreibtisch und schreibe einen Brief von der Erde an uns Menschen ...

Ein Brief von der Erde

Seit Millionen von Jahren geb ich euch
zu essen, zu trinken und Raum zugleich.
Lasse bunte Blumen blühn,
Flüsse durch die Lande ziehn.

Vögel, die in Wäldern singen,
Rehe, die auf Wiesen springen,
alle wohnen sie auf mir,
großes und auch Kleinstgetier.

Bin stets für euch Menschen da,
so wie es schon immer war.
Doch durch Überheblichkeit
vergesst ihr schnell: Ihr geht zu weit.

Euer allerbester Freund
krankt so vor sich hin und weint:
Gebt mit bitte eine Chance,
haltet mich in der Balance.

Noch geb ich alles, was ich habe,
verletzt mit einer großen Narbe.
Doch was, wenn ich einst nicht mehr werde?

Besinnt euch bitte!
Eure Erde

Gefühlsnachrichten

Heute wollen Luisa und ich im Wald Futterplätze für die Rehe und Vögel aufstellen. Sie haben es besonders schwer, im Winter etwas zu fressen zu finden. Deshalb wollen wir ihnen das Leben ein bisschen leichter machen.
Vor einigen Tagen gab es den ersten Schnee. Wie eine zarte Decke liegt er auf der Erde. Im Wald ist es still geworden. Nur mein Eichhörnchen und die kleine Amsel scheinen noch da zu sein. Ab und zu sehe ich sie auf dem Baum vor meinem Haus. Aber immer nur kurz. Sie haben wohl irgendwo ein warmes Plätzchen gefunden, wo sie den Winter überstehen können. Es scheint fast so, als wollten die beiden ab und zu mal nach mir sehen und sich vergewissern, ob mit mir alles in Ordnung ist.
Gestern habe ich in der Zoohandlung alle Sachen für die Tiere eingekauft, die wir brauchen. Übrigens: Mein Brot kaufe ich wieder bei Frau Zöllner. Wir gehen jetzt sehr freundlich miteinander um und halten sogar zwischendurch ein kleines Schwätzchen.
Da kommt Luisa.
Wir gehen gleich los, damit wir bis zum Einbruch der Dunkelheit alles verteilt haben.

„Kannst du dich noch an den Jungen erinnern, von dem ich dir mal erzählt habe?", fragt Luisa.
Ich weiß im ersten Moment nicht, wen sie meint und sehe sie fragend an. Daraufhin sagt sie:
„Den, der über meine roten Haare gelacht hat, ganz am Anfang, als wir hierher gezogen sind."
„Ach ja, jetzt erinnere ich mich."
„Ich bin gestern mit ihm im Kino gewesen."
„Was? Ehrlich?"
„Ja, obwohl einige seiner Freunde ihn deswegen gefoppt haben."
„Aber das war ihm egal?", folgere ich.
„Ja, und nicht nur das. Sein bester Freund und er haben sich verändert. Sie tun jetzt das, was sie möchten und nicht das, was sie glauben tun zu müssen, damit sie bei den anderen in einem guten Licht stehen."
„Das ist ja ein toller Erfolg", sage ich bewundernd. „Wie hast das geschafft?"
„Ich habe gar nichts gemacht. Sie haben nur gesehen – ich meine, richtig beobachtet, wie ich auf bestimmte Situationen reagiere. Pedro, so heißt der Junge, hat mich nur einmal gefragt, ob ich immer das täte, was ich wolle. Und als ich im erklärte, dass ich nicht tue, was ich will, sondern was ich fühle, hat er beobachtet, wie ich es mache und versucht es nun auch."
„Ist ja toll. So ähnlich funktioniert es auch zwischen Frau Zöllner und mir."
„Frau Zöllner?" Luisa sieht mich erstaunt an. „Kaufst du wieder bei ihr dein Brot?"
„Ja."
„Super. Unsere guten Gefühlsnachrichten ziehen Kreise. Merkst du das auch?"
„Ja."
Es ist sehr kalt, und gerade erreichen wir unser erstes Ziel: den Futterstand, für die Rehe.
„Es ist schon seltsam", sage ich, „sieh dir die Bäume an. Sie sind kahl. – Und den Boden. Der Schnee hat alle Blätterreste vom Herbst unter sich begraben. Es scheint fast so, als sei die Natur gestorben."

Bei diesem Gedanken wird mir ganz flau. Das spürt Luisa wohl, denn sie sagt:
„Nichts ist tot. Und nichts verschwindet wirklich, davon bin ich überzeugt. Die Blätter zerfallen und gehen in die Erde. Dort versorgen sie kleine Tiere und Pflanzen mit Nahrung. So kann im Frühjahr alles wieder aufleben."
„Und der Schnee", erkläre ich, „hält zum Beispiel kleine Mäuse und viele Pflanzen am Leben. Er hält sie regelrecht warm."
„Warm?", fragt Luisa.
„Ja, die Schneeschicht enthält viel Luft, die Kälte und eisige Winde von der Erde fernhalten. Wie ein Federbett", sage ich. „Wären die Federn zusammengepresst und verklebt, wäre dir darunter nicht so warm als wenn die Federn luftig leicht in Bewegung sind. Es ist die Luft zwischen den Federn, die Kälte nicht an dich heran lässt. Deshalb solltest du dein Bett nach dem Schlafen immer gut aufschütteln."
Luisa lacht: „Nur ist es unter einem Federbett viel wärmer als unter einer Schneedecke."
„Du könntest unter der Schneedecke ja auch nicht leben", werfe ich klug und amüsiert ein. „Aber für die Tiere, die unter der Erde wohnen – wie Mäuse, Regenwürmer, Maulwürfe oder Dachse – ist es schon bei 0° Celsius warm genug. Über der Schneedecke sind zusammen mit den eisigen Wind schnell minus 10° Celsius erreicht."
„Das leuchtet ein", sagt Luisa.

Ich gehe zurück zum Thema ‚Nichts stirbt wirklich' und werfe ein:
„Aber die Blätter, die Blätter die im Herbst von den Bäumen fallen sind doch als Teile der Bäume tot, oder?"
„Du schneidest doch auch deine Haare und wäschst deine abgestorbenen Hautschuppen von deinem Körper", wendet Luisa ein.
„Ja, aber wir sterben irgendwann einmal ganz."
„Nein."
„Nein?"
„Nein, niemand stirbt jemals für immer."
„Augenblick, Luisa, das ist mir zu hoch. Du willst mir doch nicht weismachen, dass Menschen unsterblich sind."

„Nicht nur Menschen, sondern alles, absolut alles, was lebt."
„Und wen oder was beerdigen wir auf Friedhöfen?"
„Den Körper, sonst nichts."
„Das sind aber doch wir."
„Wenn du deinen Pullover ausziehst, bist du doch nicht gleich tot, oder?", fragt Luisa mit schelmischem Blick.
Sie ist mal wieder die Ruhe in Person und während ich vor Aufregung – oder vor Kälte – zittere, spricht sie über dieses Thema als sei es das natürlichste der ganzen Welt.
Dieses Kind ist und bleibt mir ein Rätsel.
„Woher willst du das denn wissen?", frage ich.
Luisa klopft mit dem Finger auf ihren Brustkorb und sagt:
„Von mir. Von da drinnen. Von der inneren Stimme. Von Engeln. Von Gott. – Ich weiß es nicht so genau. Aber ich weiß es."
„Was sind wir, die Menschen, die Tiere und alles, was lebt, denn deiner Meinung nach?", frage ich ein wenig provozierend.
„Energie", sagt sie und rührt das Futter der Rehe in dem Trog noch mal gut um. „Und Energie schafft Materie, also Körper. Das haben sogar die Wissenschaftler schon herausgefunden."
„Habe ich gelesen. Aber wie soll das funktionieren?"
„Eigentlich wurden wir ja für immer geschaffen. Aber die Menschen haben mit ihrem freien Willen beschlossen, ihren Körper ab und zu mal zu wechseln. Sie dachten, so könnten sie schneller zum Ziel kommen.
Das muss so ungefähr die Zeit gewesen sein, als August Angst in die Welt kam."
„Körper wechseln? Wie soll das gehen?"

„Du, also deine Seele, stirbt niemals.

Kann sie gar nicht. – Versuch mal,

Energie zu töten. – Geht nicht.

Also sucht sie sich einen neuen Körper und kommt als Baby mit all seinen Erfahrungen in eine Umgebung, wo sie am besten das tun kann, was sie näher zum Ziel bringt."
„Was ist das Ziel?"
„Das Ziel ist, zu kapieren, dass alles eins ist!
Aber das mit dem alles ist eins erkläre ich dir später. Dazu will ich in deinem Ohrensessel bei einer heißen Tasse Tee sitzen."
„Gut, aber wie erklärst du dir, dass es früher viel weniger Menschen gegeben hat als heute. Ich denke, Gott hat alles auf einmal erschaffen?"
„Hat er auch. Ursprünglich gab es ja auch nur eine Seele. Und die hat sich dann geteilt und wieder geteilt und so weiter. Bei jedem Schritt dachte die Seele: Jetzt komme ich meinem Ziel einen Schritt näher. Aber das Gegenteil war der Fall. Deshalb ist es ja so wichtig, dass die Menschen verstehen:

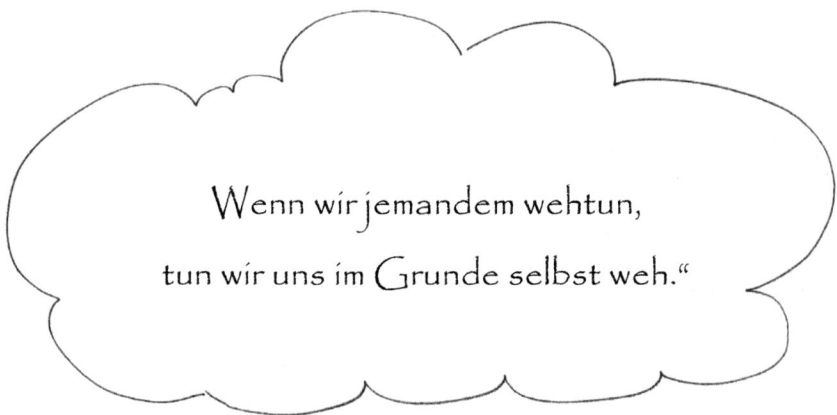

Wenn wir jemandem wehtun, tun wir uns im Grunde selbst weh."

Ich bin ein bisschen durcheinander und frage verwundert:
„Du glaubst also wirklich, dass ich und du und all die anderen nicht zum ersten Mal auf der Erde sind?"
„Na klar. Sonst hätten doch all unsere Bemühungen keinen Sinn. – Einmal geboren, Mist im Leben gemacht oder unter schwierigen Umständen geboren – und weg. Keine Verantwortung, keine Folgen. Nein, nein."

„Also gibt es doch einen Teufel, der dich für den Mist, den du gebaut hast, bestraft."

„Nein. Stell dir mal vor, du willst die absolute Gerechtigkeit erreichen. Wie kannst du die erreichen, wenn du nicht erfahren hast, was Ungerechtigkeit ist.

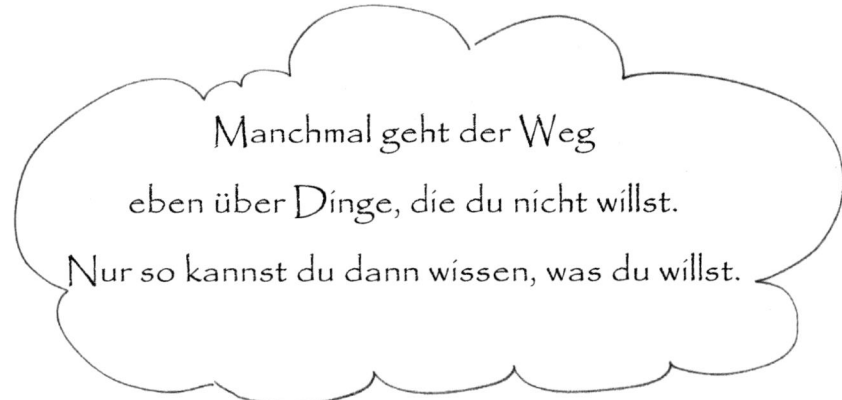

Manchmal geht der Weg eben über Dinge, die du nicht willst. Nur so kannst du dann wissen, was du willst.

Also wirst du so oft geboren, bis zu erreicht hast, was du wirklich willst."

„Und dann?"

„Dann geht es woanders weiter."

„Wo?"

„Da, wo der Grundgedanke der Liebe keine Frage mehr ist, sondern eine Feststellung. Da gibt es eine kleine Geschichte, die ich dir gern erzählen möchte. Sie handelt von einem Floh auf der Suche nach einem gemütlichen, friedlichen Zuhause."

Während Luisa ihre Geschichte beginnt hänge ich gerade die letzten Meisenbällchen in einen Baum. Dann gehen wir langsam zu mir nach Hause.

Ein Floh auf der Suche nach Frieden

Es war einmal ein Floh, der suchte ein kuscheliges Plätzchen, auf dem er sich für immer niederlassen konnte. Er wollte endlich sesshaft werden und in Ruhe leben, denn er hatte das Ziel erreicht. Davon war er überzeugt.

Er hatte Dinge geändert, die er ändern konnte.
Er hatte Dinge so gelassen, die er nicht ändern konnte.
Er hatte die Fähigkeit, das eine vom anderen zu unterscheiden.
Und er liebte alles, was lebt und er half und gab, wo er nur konnte.

Seine Suche schien zu Beginn gar nicht so schwer zu werden. Er stellte keine hohen Ansprüche. Es war ihm ganz egal, ob er auf einem Hahn, einem Hund, einem Tiger, einem Menschen oder sonst wo lebt. Er hatte nur eine Bedingung: Die Seele des Wesens, auf dem er leben würde, sollte mit seiner übereinstimmen.

Als erstes ließ sich der kleine Floh auf einem Hofhund nieder. ‚Hier ist es schön warm und kuschelig', dachte er und legte sich zu einem kleinen Schläfchen nieder.

Doch plötzlich wurde er unsanft geweckt. Der Hund bellte, was das Zeug hielt. Er fletschte die Zähne und knurrte einen Mann an, der sich dem Haus des Bauern näherte. ‚Warum macht der so einen Lärm', wunderte sich der Floh und krabbelte in das Ohr des Hundes. Er fragte: ‚Warum machst du so ein Gezeter?'

Der Hund war erstaunt, denn er sah ja niemanden, der mit ihm sprach. Trotzdem antwortete er:

‚Mein Herrchen hat mich abgerichtet. Ich muss bellen, wenn ein Fremder kommt. Und wenn es ein Fremder ist, der etwas stehlen will, muss ich ihn beißen.'

‚Willst du das auch?', fragte der Floh.

‚Wollen, wollen! Wer fragt schon, was ich will! Ich muss, wenn ich

morgen etwas zu fressen haben will.'
‚Was willst du denn?'
Einen kurzen Moment dachte der Hofhund nach. Dann sagte er:
‚Es würde mir gefallen, wenn ich bei einem kleinen Menschenkind leben könnte, das mich gut behandelt. Mit ihm könnte ich spielen. Ich könnte es beschützen. Ich hätte ein warmes Plätzchen am Ofen und regelmäßiges Fressen, ohne beißen oder bellen zu müssen.'
Der Floh sagte ohne zu überlegen:
‚Warum tust du es nicht?'
‚Wer will mich schon. Ich bin ein bissiger Hofhund.'
‚Du hast dich entschieden, das zu sein, was du nicht bist. Daran kann ich nichts ändern. Ich wünsche dir, dass du dein Ziel nicht aus den Augen verlierst', sagte der Floh und ging. Hier konnte er nicht bleiben. Die Seele des Hundes stimmte mit seiner nicht überein.

Also suchte er ein anderes Wesen, auf dem er leben konnte und traf auf eine Katze.
‚Die ist auch schön weich und kuschelig', dachte der Floh, ‚und sie hat bestimmt keine Probleme damit, das zu sein, was sie wirklich ist. Katzen sind sehr eigensinnig. Sie tun immer, was sie wollen.'
Also grub er sich tief in das Fell der Katze und versuchte hier seinen Schlaf fortzusetzen. Doch plötzlich wurde er durch ein lautes Kreischen geweckt. Er sah, wie die Katze einer kleinen Maus hinterher jagte. Und so setzte sich der kleine Floh in das Ohr der Katze und fragte:
‚Warum jagst du der Maus hinterher? Hast du Hunger?'
„Nein, ich habe keinen Hunger', sagte die Katze verwundert und drehte sich ein paar Mal um sich selbst. Aber sie konnte niemanden entdecken, der mit ihr sprach.
‚Warum jagst du die Maus?', wollte der Floh wissen.
Immer noch ein wenig verdutzt antwortete die Katze:
‚Mein Frauchen würde mir nichts mehr zu fressen geben, wenn ich die Mäuse nicht aus ihrem Haus verjagen würde.'
„Nur deshalb tust du es?'

‚Ja.'

‚Was würdest du am liebsten tun?'

‚Dumme Frage', sagte die Katze fast beleidigt. ‚Natürlich würde ich viel lieber mit den anderen Katzen durch das Land streichen und viel Spaß haben.'

‚Warum tust du es nicht?'

‚Mäuse schmecken nicht so gut wie das Katzenfutter meines Frauchens.'

Der kleine Floh verlässt das weiche Katzenfell und beschloss, sich ein anderes Ruheplätzchen zu suchen.

Auch die Seele der Katze stimmte nicht mit seiner überein.

‚Jetzt werde ich mich in der Pore eines Menschen verstecken', beschloss der Floh. ‚Dort ist es zwar nicht so kuschelig, aber warm und sicher.'

Also suchte der Floh einen Menschen, von dem er glaubte, dass er auch das große Ziel der Liebe zu allem erreicht hätte. Er fand eine Mutter, die ihr Kind über alles liebte, wirklich liebte – ohne zu bestrafen und ohne schlechtem Gefühl. Hier glaubte der Floh, nun endlich Ruhe gefunden zu haben. Doch plötzlich hörte er die Mutter schimpfen:

‚Lass das! Du wirst mein Kind nicht schlagen! Du bist ein böses Kind!'

‚Oh je', jammerte der kleine Floh. ‚Es ist schon wieder nicht das richtige Wesen für mich.'

Also krabbelte der Floh in das Ohr der Frau und fragte:

‚Warum schreist du das Kind an und drohst ihm?'

Zuerst wusste die Frau nicht, wie sie auf diese Stimme reagieren sollte. Sie sah niemanden. Es war ihr unheimlich. Trotzdem antwortete sie: ‚Dieses Kind wollte mein Kind mit einer Schaufel schlagen.'

‚Warum nimmst du das Kind nicht in deinen Arm und erklärst ihm liebevoll, warum es nicht gut ist, wenn es so etwas tut.'

Und die Frau sagte aufgebracht: ‚Ist das *mein* Kind? Bin ich etwa für die Erziehung der Kinder anderer Leute verantwortlich?'

Der Floh musste mit großem Bedauern feststellen, dass er auch hier

nicht den passenden Platz zum Ausruhen gefunden hatte und verließ die Frau. Er war traurig, denn er probierte noch viele andere Wesen aus. Aber überall stellte er fest, dass sie nicht aus Liebe handelten.
Doch plötzlich geschah etwas Wunderbares.
Der Floh fand sich auf einem Wattestück oder etwas ähnlich Weichem wieder. Alles um ihn herum war freundlich und friedlich. Niemand war da, doch er konnte etwas spüren. Da sagte eine Stimme: ‚Jetzt hast du dein Ziel erreicht.'
‚Wieso denn gerade jetzt?', fragte der Floh.
‚Du hattest alles verstanden und gelebt, und du hast vielen Wesen auf der Erde einen Hinweis gegeben, wie es funktioniert. Und jetzt schau selbst, was du erreicht hast.'
Mit diesen Worten hatte der kleine Floh eine große Leinwand vor Augen, auf der er das Leben all der Wesen sah, auf denen er sich ausruhen wollte. Fast alle hatten ihr Leben nach der Begegnung mit ihm geändert und sogar ihr neues Wissen weitergegeben. Sie leben jetzt voller Zufriedenheit nach dem Prinzip der Liebe und des freien Willens. Der Floh bekam eine Gänsehaut.
Und er freute sich, denn jetzt konnte er endlich seine wohlverdiente Ruhe genießen."

Nachdem Luisa ihre Geschichte zu Ende erzählt hat, kann ich im ersten Moment gar nichts sagen.
Es ist auch nicht notwendig, irgendetwas zu sagen oder zu fragen. Die Geschichte und alles andere sprechen für sich. Wir sitzen mittlerweile in meinem Wohnzimmer und sind nach der Futterverteilung im Wald ziemlich geschafft. Es ist dunkel geworden und Luisa beschließt:
„Fridolin, für heute werde ich nach Hause gehen. Ich wünsche dir noch einen schönen Abend. Wir sehen uns nächste Woche."
Ich widerspreche ihr nicht.
„Soll ich dich noch das Stück durch den Wald begleiten?"
„Nein, ruh dich aus, es war ein langer Tag. Ich schaffe das schon allein."
Es war mal wieder ein sehr schöner Tag mit Luisa.

Wir sind alle eins!

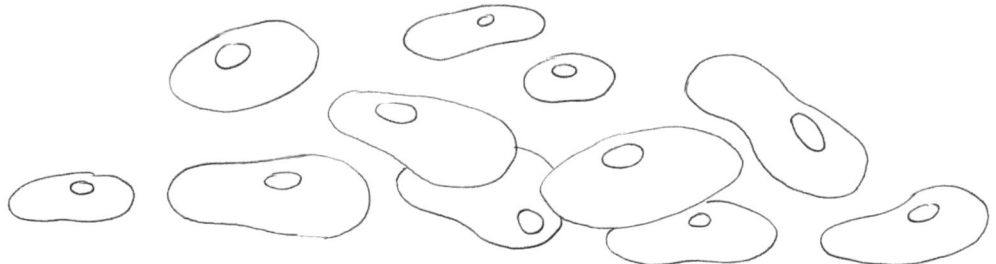

In den nächsten Wochen haben Luisa und ich uns sehr viel näher kennen gelernt. Wir haben Plätzchen gebacken und Geschichte geübt. Wir haben ausgiebige Waldspaziergänge gemacht und über Gott und die Welt geredet. Wir haben Mensch ärgere dich nicht gespielt und Biologie, Mathematik und Chemie gepaukt.

Apropos Mensch ärgere dich nicht. Natürlich haben wir es nicht im üblichen Sinn gespielt. Luisa spielt keine Spiele, bei denen einer gewinnt und einer verliert. Sie hält das für altmodisch. Mit einem kleinen Trick konnte ich sie davon überzeugen, doch dieses Spiel mit mir zu spielen. Ihre vier roten Männchen waren einfach Herr Schulz, Frau Schulz, Peter und Max Schulz und meine grünen Männchen nannten wir Herr Meier, Frau Meier, Anja und Cornelia Meier. Wir haben sogar kleine Namensschildchen draufgeklebt. Gewonnen oder verloren hat natürlich auch keiner so richtig. Herr Meier war halt zuerst zu Hause. Und dann Max Schulz, der dann sofort bei Meiers angerufen hat, um Anja zu sprechen. Aber die war ja noch nicht da …

Wir haben eine schöne Herbstzeit verbracht. Heute ist Mittwoch, der 22. Dezember. Luisa kommt immer mittwochs. Heute ist der letzte Mittwoch

vor Heiligabend. Ich habe den Tee schon fertig und das Feuer im Kamin brennt. Ich freue mich, mit Luisa heute noch mal ausgiebig quatschen zu können. Sie fährt nämlich am zweiten Weihnachtstag mit ihren Eltern für zwei Wochen in den Urlaub.
Das wird eine einsame Zeit für mich. Ich habe mich an Luisa gewöhnt.
Wir haben viel erreicht! Wir sind im Internet auf Menschen gestoßen, die ähnliche Gedanken haben wie wir.
Wir haben uns ihnen angeschlossen und arbeiten unermüdlich daran, dass jeder Mensch auf dieser Erde versteht, dass Liebe, Zusammenarbeit und Rücksicht sehr wichtig sind.

Es klopft, und wie üblich steht Luisa schon im Wohnzimmer, bevor ich die Tür erreiche.
„Hallo Fridolin!", ruft sie, obwohl ich genau vor ihr stehe, „lass uns erst einmal einen Tee trinken. Ich hatte einen anstrengenden Tag!"
Sie lächelt verschmitzt. Ihr Blick sagt mir eindeutig: Los, frag schon, warum. Also frage ich:
„Warum?"
„Wir haben heute Zeugnisse bekommen", platzt es aus ihr heraus. Gleichzeitig senkt sie dabei ihren Kopf ein wenig. Ihr Blick verspricht nichts Gutes. Ich frage vorsichtig:
„Und?"
Strahlend reicht sie mir eine Mappe. Ich öffne sie und sehe ein Blatt, auf dem bedrohlich das Wort Zeugnis steht:
„Mathematik, Physik, Religion und Musik: sehr gut. Deutsch, Geschichte, Erdkunde, Biologie und Chemie: gut. Englisch: befriedigend. Sport: ausreichend.
Herzlichen Glückwunsch, Luisa. Das ist eine tolle Leistung. Aber ..."
„Aber?" Luisa sieht mich erstaunt an.
„Demnächst werden wir uns in Englisch unterhalten und dabei joggen."
„Luisa lacht. Ist mir recht. Englisch ist wichtig, wenn ich der ganzen Menschheit etwas zu sagen habe. Aber das Joggen lassen wir lieber. Ich mag Sport nicht besonders. Und dafür finde ich eine vier schon ganz gut. Die guten

Noten in Sport überlasse ich gern denen, die mehr davon verstehen als ich."
Nun lache ich. Luisa ist unverbesserlich weltverbessernd.

„Wollen wir erst mal einen Tee trinken?", schlägt sie vor, während sie ihr Zeugnis in die Mappe und dann in ihre Tasche legt. Sie lässt sich in meinen und ihren Lieblingssessel fallen und seufzt zufrieden.

Mir liegt da noch eine Frage am Herzen, die ich Luisa schon seit Wochen stellen wollte. Doch ich kam nie dazu. Jetzt scheint der Zeitpunkt gekommen zu sein:

„Luisa. Vor ein paar Wochen hast du gesagt:

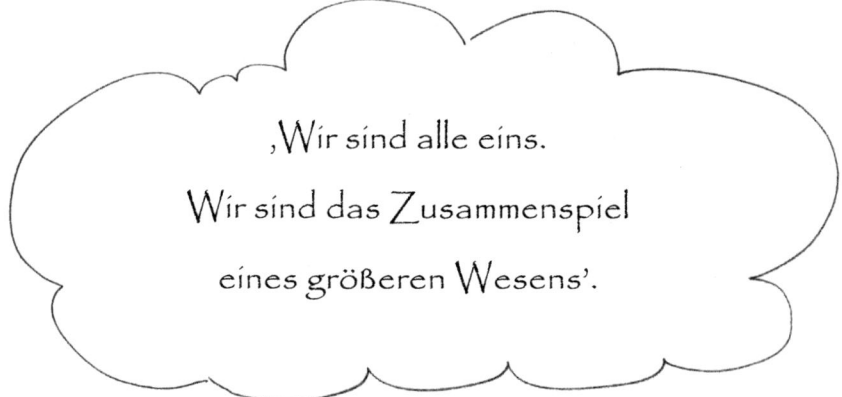

‚Wir sind alle eins. Wir sind das Zusammenspiel eines größeren Wesens'.

Ich habe darüber nachgedacht, aber ich komme einfach nicht dahinter wie du das gemeint hast."

„Ist doch ganz einfach", sagt sie.

Klar, denke ich, es ist doch ganz einfach. Ich schaue sie aus dem Augenwinkel an und sage ein wenig sarkastisch:

„Logisch. Es ist so einfach, dass ich mir seit Wochen Gedanken darüber mache und nicht dahinter komme."

Luisa haut sich mit beiden Händen auf die Knie und stößt einen seltsamen Ha-Laut aus, dass ich erschrecke.

„Es ist so einfach, dass du gar nicht drauf kommst", lacht sie. „Das ist typisch Erwachsener."

„Was soll das denn heißen", wehre ich „typisch Erwachsener" mich.

„Melanies sechsjähriger Bruder Max hat letzte Woche seine Mutter gefragt, wo er gewesen ist, bevor er geboren wurde. Frau Weirich wurde rot. Sie dachte, es wäre an der Zeit, ihren Sohn vollständig aufklären zu müssen. Und so suchte sie minutenlang nach den richtigen Worten, erklärte ihm einiges über Samenzellen und Eizellen und benutzte aus Unsicherheit einige biologische Fachbegriffe, in der Hoffnung, dass Max sie nicht verstehen würde. – Es war ihr peinlich."
„Ja und?", frage ich provozierend. „Was hat das mit typisch Erwachsener zu tun?"
„Max wollte nur wissen, ob er im Körper seiner Mutter gewachsen ist oder irgendwo anders.
Frau Weirich hat eine einfache Frage viel zu kompliziert versucht zu beantworten."
„Hm", knurre ich, wohl wissend, dass Luisa da Recht hat. Erwachsene neigen tatsächlich dazu, Dinge von der komplizierten Seite zu betrachten.
Ich lenke ab und frage noch einmal:
„Dann erklär mir doch mal die einfachste Sache der Welt:

Alles ist eins, aber nichts ist identisch!"

„Stell dir vor, du wärst eine Zelle aus deinem Körper, zusammen mit Milliarden anderen. Du und die anderen habt bestimmte Aufgaben, um den Körper um euch herum gesund zu halten. Wenn du als einzelne Zelle deine Aufgabe nicht gut genug machst, leiden andere Zellen darunter. Und wenn die auch ihre Arbeit vernachlässigen, ist bald der ganze Körper krank. Und das nur, weil eine einzige Zelle nicht aufgepasst hat."
„Meinst du so jemanden wie August Angst?", frage ich.
„Ja, zum Beispiel.
Aber, es geht ja noch weiter. Du bist keine Zelle. Du bist ein Mensch."
„Ich denke schon", unterbreche ich Luisa. „Aber, wenn du so weiter machst, glaube ich dir auch, wenn du mir sagtest, ich sei ein Hund, ein Regenwurm oder eine Bakterie."
Eigentlich brauche ich eine kleine Atempause, aber Luisa erzählt munter weiter:

„Jetzt stell dir vor, die Erde ist der Körper für Milliarden Zellen mit Namen wie ‚der Tiger aus dem Zoo', ‚die Eiche da draußen vor deinem Haus', ‚die Ameise da vorne', ‚Präsident oder Bundeskanzler Irgendwer', ‚Luisa Lauster' oder ‚Fridolin Reinfeld'. Und jeder hat eine bestimmt Aufgabe zu erledigen."
„Ich verstehe", sage ich noch etwas unsicher, „der Tiger ist dann wiederum das Haus für viele kleinere Lebewesen, die ihn sozusagen zusammenhalten. Ebenso wie die Eiche und alle anderen Lebewesen auf der Erde, zum Beispiel ich."
„Ja!"
Luisa sprüht regelrecht vor Aufregung.
„Und jetzt stell dir vor, die Erde ist auch nur eine einzige Zelle eines viel größeren Körpers, der aus Milliarden verschiedener Zellen mit Namen wie Jupiter, Mars, Venus oder Erde besteht. Vielleicht ist unsere Galaxie ja auch nur eine Zelle – unter Milliarden anderen! Dann wird klar, warum alles eins ist."
„Das ist aber eine gewagte Theorie", sage ich nachdenklich. „Wenn das stimmt, dann wären wir alle, also alle Menschen auf der Erde, ja nur ein ganz kleiner Teil des großen Ganzen."

„Ja", sagt Luisa lachend, „wie ein Minikrümel von einem riesigen Kuchen."

„Aber wie könnten denn wir Miniaturen dem riesigen Ganzen schaden, selbst wenn wir die Erde zerstören würden?"

„Wenn dein linkes Bein weh tut, würdest du dann sagen: ‚Die Zelle in meinem linken Unterschenkel baut gerade Mist. Da tut es weh?"

„Nein", gebe ich zu. „Ich sage mein linkes Bein tut weh."

„Siehst du.

Ebenso sagt die Erde nicht: ‚Der Mensch da in Amerika oder Europa oder Asien baut gerade Mist.'

Sie sagt vielleicht: ‚Meine Bauch tut weh.' Und dem riesigen Wesen, in dem wir leben, ist möglicherweise übel. Wenn die Teile in deinem Haus, also in deinem Körper, nicht mehr funktionieren, weil einer keine Lust mehr hat mit den anderen eine Einheit zu bilden, dann geht der Körper kaputt. Wenn einige Dinge auf der Erde kaputt gehen, weil die Menschen keine Lust haben, mit ihr zusammen zu arbeiten, dann zerstören sie die Erde auf die Dauer – und sich selbst.

Und wenn die Erde als kranke Zelle in einem viel größeren Wesen lebt, dann steckt die vielleicht andere an, und dann geht es denen auch nicht mehr gut. Siehst du, was eine Zelle, die andere zerstört, anrichten kann? Und was ein Mensch, der andere zerstört, anrichten kann?"

Ich sitze da auf meiner Couch – mitten im Körper Erde – und bekomme den Mund nicht mehr zu. Ich muss zugeben: Ich bin von diesem Gedanken fasziniert. Gleichzeitig bin ich auch entsetzt. Denn das, was sie da als Möglichkeit in Betracht zieht, ist gar nicht so abwegig oder zumindest möglich.

Aber, ich bin ja ein Erwachsener, also habe ich noch einige Fragen:

„Wenn das wirklich so wäre, dann müsste es ja auch Gemeinsamkeiten zwischen Zelle, Mensch, Erde und so weiter geben. Hast du darauf auch eine Antwort?"

„Klar."

„Hast du ein Beispiel parat?", frage ich verblüfft.
„Natürlich. Weißt du, wie Schneeflocken aussehen?"
„Ja sicher, klein, flauschig, kalt und weiß."
„Nein, ich meine ihre Form."
„Ja. Sie haben alle die gleiche Form. Aber keine einzige Schneeflocke sieht so aus wie eine andere."
„Genau, Fridolin", freut sich Luisa, „und kein Mensch sieht ganz genauso aus wie ein anderer, obwohl die Form gleich ist. Jeder hat Arme, Beine, einen Kopf und so weiter. Und keine Schneeflocke, keine Zelle und kein Mensch sieht genau wie die oder der andere aus."
„So habe ich das noch nie gesehen", sage ich.

„Sag mal, Luisa", will ich wissen, „woher weißt du das alles? Und wie kommt es, dass ein so junges Mädchen sich solche Gedanken macht?"
„Als ich noch nicht lesen konnte, habe ich alle möglichen Leute mit meinen Warum-Fragen gequält. Später haben mir dann Bücher und das Internet meine Fragen beantwortet. Und die ganzen Gedanken drum herum habe ich mir zusammengesponnen wie eine Spinne ihr Netz. Es macht einfach Spaß."

Luisa beugt sich aus meinem Ohrensessel ganz weit nach vorne und flüstert geheimnisvoll:
„Aber auch andere Dinge sind verblüffend! Der Körper eines Menschen besteht zu über sechzig Prozent aus Wasser. Ungefähr so hoch ist auch der Anteil der Meere zu dem Land auf der Erde.
So wie in deinem Körper das Herz in einem bestimmten Rhythmus schlägt, so bewegt sich die Erde im Rhythmus des Universums. Unsere Knochen könnten der Erdkern für die Erde sein. Unsere Muskulatur wäre dann der Erdmantel. Und unsere Haut ist für uns das, was für die Erde die abgeschlossene Luftschicht, also die Atmosphäre, ist. Die Lunge in deinem Körper macht nichts anderes als der Wald für die Erde: schlechte Luft in gute umwandeln. Und so wie durch deinen ganzen Körper das Blut fließt und alle möglichen Organe mit Nahrung beliefert, so beliefert uns die Erde

mit Essen und Trinken. – Und wenn sich eine Zelle in deinem Körper in zwei eigenständige Zellen teilt, dann könnte das der Moment sein, in dem jemand auf der Erde ein Baby bekommt.
Das Nervensystem funktioniert wie eine Telefonleitung in unserem Körper. Die innere Stimme, die Gedanken und Gefühle, könnten ebenso zwischen den Menschen genutzt werden. Statt Telefonnummern gäbe es dann Namen – Codenamen."
„Aha?", werfe ich ein. „Und wie soll das funktionieren?"
„Ganz einfach!
In unserem Körper geht das so: Wenn du dich mit einem Messer in den Finger geschnitten hast, dann gibt dein Nervensystem die Information Schmerz an alle möglichen Helfereinheiten in deinem Körper weiter. Die kommen dann angerannt und helfen der Wunde beim Heilen und verhindern, dass Feinde in den Körper eindringen können.

Genauso sollte es im Körper Erde vor sich gehen! Wenn irgendwo etwas kaputt geht, ob es nun ein Wald oder eine Tierart oder die Haut unserer Erde ist, dann sollten allen Menschen daran arbeiten, die Wunde wieder zu heilen. Und wenn sie das nicht tun, arbeiten sie gegen sich selbst."
„Das tun sie aber doch", sage ich. „Wenn irgendwo ein Wald brennt, dann rückt die Feuerwehr aus und Leute, die sich für die Umwelt engagieren, organisieren vielleicht sogar Löschflugzeuge."

„Ja", sagt Luisa und wirft ihren Kopf ein wenig nach hinten, „und die anderen verpesten mit ihren Fabriken die Luft so sehr, dass die Wälder sterben. Aber zurück zum Nervensystem. Das Nervensystem war einmal die innere Stimme.

Aber:

> Weil das Hören auf die innere Stimme bei vielen Menschen nicht mehr funktioniert, haben sie das Internet erfunden.

So können sie ihre Ideen weitergeben, ohne die innere Stimme zu brauchen. – Ist doch logisch."
„Ja, das ist logisch", sage ich. „Aber warum können wir Menschen denn nicht erfahren, was draußen im Universum konkret vor sich geht? Warum konnten wir noch nicht beweisen, dass es andere Lebewesen – außer uns gibt?"
„Diese Frage habe ich mir auch lange, lange Zeit gestellt", gibt Luisa zu. „Und dann kam mal eine Fernsehsendung über die Sinne der Tiere. Da wurde mir plötzlich alles klar."
„Erzähl", fordere ich sie auf.

„Es ging zum Beispiel um eine Schildkröte, die auf einer Wiese saß. Ein Stück weiter spielten ein paar Kinder Federball. Die Schildkröte konnte die Kinder nicht erkennen. Sie sah nur kleine Wölkchen, die sich hin und her bewegen.
Dann war da eine Schnecke. Gleich in der Nähe sprengten die Menschen ein Haus. Die kleinen Steinchen flogen an der Schnecke vorbei, aber Gott sei Dank wurde sie nicht verletzt.
Aber, du glaubst es nicht: Die Schnecke hat davon nichts mitbekommen.

Die Dinge um sie herum geschahen so schnell, dass sie die Steinchen gar nicht sehen konnte.
Genauso wie bei der Schildkröte konnte die Schnecke nur Dinge erkennen, die genauso langsam passierten wie sie selbst sich bewegt.

Schließlich war da noch ein Krokodil, dessen Körper morgens noch eiskalt war. Es konnte die Tiere am Ufer nicht erkennen. Für das Krokodil waren es nur Schatten. Erst mittags, als der Körper des Krokodils durch die Sonne wärmer wurde, war es in der Lage, die Tiere zu erkennen.

> Vielleicht können wir Menschen die anderen Wesen nicht erkennen, weil sie sich viel schneller bewegen als wir?

Aber vielleicht ist es ja auch so, dass wir sie sehen könnten, wenn wir uns auf unsere innere Stimme verlassen würden und nicht nur auf das was wir sehen?"

Die Sache mit dem freien Willen

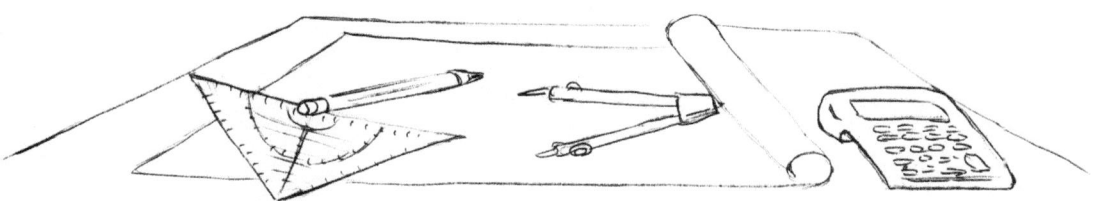

Einen Moment lang sagen wir beide nichts.
Ich grabe in meinem Kopf. Irgendetwas stört mich an der ganzen Sache. Da ist etwas, das in diese Geschichte nicht ganz reinpasst. Dann weiß ich, was es ist: „Luisa, glaubst du an Gott?
„Nein."
„Nein!?"
„Nein, ich weiß, dass es ihn gibt."
„Warum spielt er denn keine Rolle in deiner Geschichte?"
„Weil ganz klar ist, dass unsere Welt und alle Lebewesen nur deshalb leben, weil es ihn gibt. Wir in ihm drin und er um uns herum. Wie gesagt: Alles ist eins – so, wie es einen Motor im Auto gibt, eine Leber im Menschen und Milliarden Zellen und so, wie es weiß ich wie viele Universen in Gott gibt."
„Und was ist mit dem freien Willen?"
Luisa lacht: „Den brauchen wir nicht wirklich. Nicht, um die Natürlichkeit unseres Hier-Seins zu leben."
„Sondern?"
„Wir brauchen ihn nur für Leute, die andere mit ihren Vorgaben, Regeln und Vorstellungen verbiegen wollen."

„Aber das ist kein freier Wille", werfe ich ein.
„Was meinst du denn mit freiem Willen?", fragt Luisa.
„Na, eben den, den wir brauchen, um unseren Weg gehen zu dürfen."
„Dann ist er überflüssig, wenn uns niemand an unserem Weg hindert. Für unseren Weg brauchen wir nur die Liebe zu unserem Weg.

> Nenn' mir doch mal ganz spontan zehn Menschen, die ihr Leben wirklich nach ihrem freien Willen gestalten."

Ich kratze meinen Kopf, während ich angestrengt nachdenke: Herr Weirich bestimmt nicht. Er lebt immer noch nach den Vorstellungen seines Vaters und will ganz viel, weil er nicht so recht weiß, wer er ist.
Frau Zöllner – nein, ich kann mir nicht vorstellen, dass sie irgendetwas nach ihrem Willen tut. Mir fallen zwar noch einige Personen ein. Aber die machen alle nur Sachen, die andere von ihnen erwarten. Dann sage ich schmunzelnd: „Da fallen mir nur Luisa und Fridolin ein."
„Siehst du", sagt Luisa, wir brauchen den freien Willen gar nicht, wenn jeder ist, wer er ist. Freiheit eben!"

„Aber, wenn jeder seine Freiheit ohne Regeln und Normen leben würde, dann hätten wir doch das reinste Chaos!", gebe ich zu Bedenken.
„Nein Fridolin, wir würden nur diesem Spiel mit falsch verteilten Rollen ein Ende setzen. Nicht jeder mit Einserabitur ist ein guter Arzt, nicht jedes Kind eines Fabrikanten will Betriebswirtschaft studieren und nicht jeder mit

schlechten Schulnoten ist unfähig, etwas auf seinem Gebiet zu erreichen. Es gibt zu viele Menschen, die ständig irgendetwas tun müssen, was sie nicht sind. Bis sie sich selbst vergessen haben. *Das* ist Chaos!"

Die Frage ist, was funktioniert und was nicht.

„Stell dir vor, du bist der Besitzer einer großen Firma, die Papier herstellt. Und es ist dir egal, wie viele Wälder dabei draufgehen."
„Nein."
„Warum nicht?"
„Weil ich so jemand niemals sein könnte – nicht zu einem solchen Preis."
„Dann bist du bist einer der Menschen, die noch erfolgreich auf die innere Stimme hören. Du achtest freiwillig, also aus freiem Willen jedes Leben – auch das der Bäume."
Es ist mir peinlich, dass mich Luisa als guten Menschen sieht. Ich erinnere mich an meine Spiegelprozedur und das, was mir nicht gefällt, kann ich ja jederzeit ändern.
Eigentlich hat sie Recht: Ich könnte nichts und niemandem wirklich schaden. Warum sollte ich darauf nicht auch ein bisschen stolz sein. Nicht hochmütig – nur ein bisschen stolz.
„Aber ich kann den Chef der Papierfabrik einerseits verstehen", sage ich. „Er hat sich an das viele Geld gewöhnt. Es ist sicher schwer, auf etwas zu verzichten, was er sich schwer erarbeitet hat."

„Im ersten Moment vielleicht", antwortet Luisa. „Aber, wenn er und viele andere diese Spiele weiterspielen, stirbt nicht nur der Wald, sondern auch der Papierfabrikant."

„Was soll er denn tun? Da sind ja auch noch die vielen Menschen, die für ihn arbeiten und Geld dafür bekommen, um ihre Familien zu ernähren."

„Was würdest *du* tun?", fragt Luisa.

„Ich? Ich könnte auf jeden Fall nicht all diese Familien ins Unglück stürzen. Ich wäre in einem echten Gewissenskonflikt.

Aber, lass mich mal nachdenken. Ja, es gibt ja noch eine andere Möglichkeit! Ich könnte nach einer Alternative suchen, Papier anders herzustellen – ohne dafür die wertvollen Bäume abzuschlagen. Ich könnte einen Forscher einstellen, der das für mich tut."

„Und wenn dich das viel Geld kosten würde?"

„Das wäre es mir wert! Ich müsste dann zwar auf einige Dinge verzichten, aber richtig arm würde ich dadurch nicht. Und ich könnte meinen Teil für die Gesundheit der Erde dazutun. Außerdem hätte ich ein gutes Gefühl, wenn ich wüsste, dass durch mein Verhalten meine Kinder, Enkel und Urenkel auch noch auf der Erde leben können!"

„Siehst du", sagt Luisa, …

„Nicht die Angst, sondern die Liebe schützt dich vor Gefahren."

Und jetzt werde ich aus meinem freien Willen heraus nach Hause gehen. Mein Vater hat mein Zeugnis noch nicht gesehen, und ich habe noch einige Vorbereitungen für den Heiligen Abend zu erledigen."

Ich bin sehr traurig, dass dieser letzte Mittwoch vor dem Heiligen Abend

schon zu Ende geht und sage: „Tja, Luisa, dann wünsche ich dir ein wunderschönes Weihnachtsfest mit deinen Eltern und einen tollen Urlaub."
Mit diesen Worten überreiche ich ihr ein kleines Päckchen.
„Aber erst am Heiligen Abend öffnen", füge ich hinzu.
„Fridolin!", ruft Luisa erstaunt und erfreut zugleich.
„Du hast ein Geschenk für mich?"
„Ja."
Luisa lächelt wieder so verschmitzt und sagt: „Ich will es aber nicht ..."
„Nicht!?"
„Nein! Nicht heute."
„Wann denn dann?"
„Am Heiligen Abend natürlich."
„Ja, aber."
„Ich und natürlich auch meine Eltern laden dich ganz herzlich ein. Wir gehen zusammen in die Kirche, und danach werden wir alle unsere Geschenke auspacken und zusammen essen."
Ich bin sprachlos, absolut sprachlos. Bisher haben sich unsere Treffen immer bei mir abgespielt. Und jetzt soll ich zu Luisa gehen? Ich wende vorsichtig ein: „Ist es deinen Eltern denn wirklich recht? Ich habe sie doch nur zwei oder dreimal gesehen oder mit ihnen telefoniert."
„Hast du wirklich geglaubt, ich lasse dich am Heiligen Abend hier in deinem Haus allein?"
„Ich habe nicht darüber nachgedacht", sage ich leise.
Ich kann mein Glück noch gar nicht fassen und sage sehr leise: „Danke!"
Luisa spürt, dass sie mir damit ein unvergleichlich großes Geschenk gemacht hat und zieht sich rücksichtsvoll zurück.
„Tschüss Fridolin", ruft sie noch, „wir sehen uns am Samstag – so gegen vier Uhr."

Werdet wie die Kinder

Es war ein wunderschöner Abend. Nein, das ist untertrieben: Es war ein traumhafter Abend. Ein Abend wie ich ihn seit meiner Kindheit nicht mehr erlebt habe. – Ich bin gerade nach Hause gekommen. Jetzt werde ich erst einmal meine bequemen Hausklamotten anziehen und hänge die dunkelblaue Hose in den Schrank. Das weiße Hemd hänge ich für morgen an einen luftigen Ort. Dann werde ich es waschen – für nächstes Jahr Weihnachten. Die Fliege lege ich in das kleine schwarz-silberne Kästchen zurück.
Ja, ich habe mich für diesen Abend neu eingekleidet. Es hat Spaß gemacht, und Frau Zöllner hat mich gut beraten. Ich habe sie auf dem Weg ins Dorf getroffen als ich mir neue Sachen kaufen wollte. Ich fragte sie, ob sie Zeit hätte, mitzugehen, da ich nicht sicher wäre, was genau ich mir kaufen wollte. Sie hatte Zeit. Übrigens: Frau Zöllner lebt auch allein. Wir haben beschlossen, am ersten Weihnachtsfeiertag zusammen zu essen. Sie hat mich eingeladen.
Luisa Eltern sind – neben Luisa natürlich – die nettesten Leute, die ich je kennengelernt habe. Ich habe keinerlei Zwang gespürt. Nur Liebe, Fröhlichkeit und Vertrauen. Kein Wunder, dass Luisa so ein aufgewecktes Mäd-

chen ist. Ich habe den Eindruck, sie darf genauso sein wie sie ist. Jesus hat einmal gesagt:

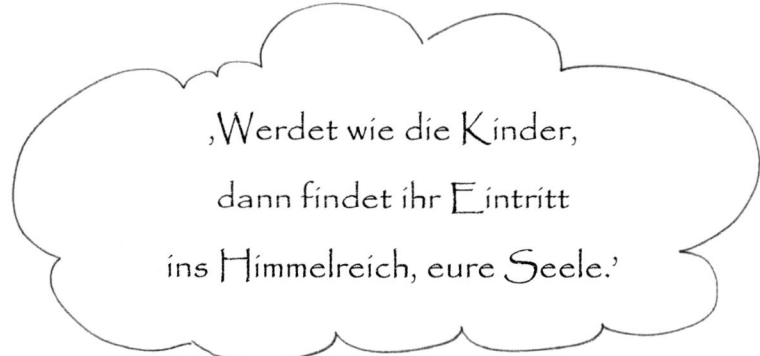

‚Werdet wie die Kinder, dann findet ihr Eintritt ins Himmelreich, eure Seele.'

Jetzt weiß ich, was er damit gemeint hat.
Früher, als ich noch Lehrer war, sah ich die Kinder als unvollkommene Wesen, die noch viel zu lernen hatten. Ich sah das Kindsein als eine Art Vorstufe zum Erwachsenwerden, aber niemals als wertvolle Lebenszeit.
Heute weiß ich: Jeder Mensch, ob alt oder jung, hat noch viel zu lernen. Ich weiß auch, dass es keine vollkommeneren Menschen als die Kinder gibt. Sie sind noch ein Stück näher am Himmel. Wenn jeder von jedem lernt, egal was, und sich niemand größer fühlt als der andere, Vergleiche anstellt oder gar bewertet – dann sind wir schon einen Schritt weiter.

Übrigens: Luisa hat sich über mein Weihnachtsgeschenk sehr gefreut: ein kleines Kettchen mit einem Anhänger in Form eines Blattes. Sie hat sofort verstanden, was ich damit sagen wollte: Damals bei unserem Waldspaziergang, als wir die Futterstellen für die Rehe und die Vögel errichtet haben, da wurde das Blatt unser Symbol für die Unsterblichkeit von allem – und für die Unsterblichkeit unserer Freundschaft.

Dass es gleichzeitig ein Dankeschön dafür war, dass sie sich damals in mein Haus verlaufen hat, brauche ich wohl nicht extra zu erwähnen. Ohne sie hätte ich mich wahrscheinlich nie gefunden – nicht in diesem Leben.

Luisa hat mir auch etwas geschenkt! Es ist unglaublich, aber wahr. Sie hat auf unserem Spaziergang im Herbst ein herabgefallenes Blatt gepresst und getrocknet. Dann hat sie es in einen Rahmen hinter Glas auf hellblauem Hintergrund gelegt, um es mir zu Weihnachten zu schenken.
Dieses Bild – unser Symbol – habe ich gerade über dem Kamin aufgehängt. Dort habe ich es immer im Blick. Es gibt mir ein gutes, ein gutes Gefühl.

Luisa hat mir aber noch etwas geschenkt: Ein neues Leben. Ein Leben, in dem es so viele Fragen gibt! Dieses Buch würde niemals enden, wenn *man* – nein *ich* – sie alle beantworten könnte.

Und mal ehrlich: Die Suche nach Antworten ist doch auch nicht schlecht.

Mit diesen Worten schaue ich Winfried Wagner erwartungsvoll an. Er lächelt und sagt nur:

„Lebenstörtchen *mit* Himmelsahne."

Wolkentexte zum Nach- und Weiterdenken

16: „Glaubst du, dass ich euch allen in dir drin mehr glaube als dir?"

17: „Wie spricht denn deine innere Stimme zu dir?" „Ich höre hin."

26: Was sind IHRE Zutaten zu IHREM Lebenstörtchen?

31: „DAS bist du – und noch viel mehr … WAS sind SIE?

33: Wo leben Sie? In der Vergangenheit, der Zukunft, der Gegenwart?

35: Wie einfach machen Sie sich Ihr Leben?

38: ÜBER wen oder was haben Sie Macht?

44: Manchmal führt der Weg zu dem, was du willst eben über et was, was du nicht willst..."

45: Welche Wut steht bei Ihnen für Hilflosigkeit?

49: Nicht wollen, nicht wünschen, nicht erhoffen, sondern tun …

52: Was kosten SIE Überwindung?

54: Finde heraus, wer du bist, was du willst und handle danach!

62: Ich liebe diesen Wald. Ich liebe dieses Leben. Und fast liebe ich mich. - Wie fühlen Sie?

70: Ich ärgere mich, dass meine Liebe zu mir noch nicht so groß ist: Ich versuche auch, wichtig zu erscheinen. - Kennen Sie das auch?

76: Authentisches Verhalten? Können Sie durch ehrliches Verhalten einen Stein ins Rollen bringen – Berge versetzen?"

79: Liebe baut auf; Angst zerstört.

80: Wehtun, Rache nehmen, verletzen, wieder verletzen: Wenn keiner damit aufhört, gibt es auf der Erde keinen Frieden!

88: Deine Gedanken und Gefühle bilden deine Wirklichkeit.

90: Wir können nur anfangen – und weitermachen.

96: „Du, also deine Seele, stirbt niemals. Kann sie gar nicht. – Versuch mal, Energie zu töten. – Geht nicht.

97: Wenn wir jemandem wehtun, tun wir uns im Grunde selbst weh."

105: Wir sind alle eins, das Zusammenspiel eines größeren Wesens.

110: Weil das Hören auf die innere Stimme bei vielen Menschen nicht mehr funktioniert, haben sie das Internet erfunden.

112: Vielleicht können wir Menschen die anderen Wesen nicht erkennen, weil sie sich viel schneller bewegen als wir?

114: Nenn' mir doch mal ganz spontan zehn Menschen, die ihr Leben wirklich nach ihrem freien Willen gestalten."

115: Die Frage ist, was funktioniert und was nicht.

116: Nicht die Angst, sondern die Liebe schützt dich vor Gefahren.

119: ‚Werdet wie die Kinder, dann findet ihr Eintritt in eure Seele.'

124: Leben SIE Ihr „Lebenstörtchen mit Himmelsahne!"

Ich danke meinen persönlichen menschlichen Engeln,

die mir mental geholfen haben,

dieses Buch zu schreiben:

Meinen Eltern,

meinen Kindern

und vielen anderen, die mir wohlgesonnen sind,

aber auch denen,

die mir im Leben ein Bein gestellt haben.

(Jeder möge selbst entscheiden, zu welcher Gruppe er gehört.)